生き残りゲーム

ラストサバイバル

宝をさがせ！　サバイバルトレジャー

大久保開・作
北野詠一・絵

集英社みらい文庫

明るく、運動神経バツグンで頭もいい。野外活動の技術もピカイチ。

桜井リク

少し気弱な家族想いのやさしい小学6年生。ミスターLから一目置かれている主人公。

大場カレン

いつも一人で行動している、わがままで気の強いお嬢様。

山本ゲンキ

友達想いの明るいムードメーカー。お菓子が大好き。

新庄ツバサ

いつもクールな茶髪のイケメン。意外と友情に厚い一面も…。

ラストサバイバル出場選手

ミスターL
ラストサバイバルの大会主催者。世界一幸運で大金持ちの謎の男。
早乙女ユウ
無表情でもの静か。不思議な雰囲気を持つ少年。リク達を島にとじこめた張本人。
木下ヒナ
引っこみ思案な女の子。あきらめない芯の強さを秘めている。
阿部ソウタ
負けずぎらいの小心者。トラブルにまきこまれがち。
長嶋ケンイチロウ
メガネをかけた好青年に見えて、少しトボけたところが…。

鬼がくれの岩場
やまびこ山
灼熱浜
サバイバル無人島マップ

度胸だめしの橋
妖精の湖
選択の道
右:強者の道(短くて険しい)
左:賢者の道(長くて楽しい)
龍殺しの急流
無人町

1

〈宝さがしの始まり始まり〉

▶ サバイバルトレジャールール ◀

【ルール1】
この島には宝がかくされている

【ルール2】
宝の場所をしめすヒントは
ぜんぶで7つある

【ルール3】
たんさくに必要なものは、大会側で用意する

【ルール4】
最初に宝を手にした参加者が優勝

【ルール5】
優勝すればなんでも
願いをかなえてもらえる

太陽がじりじりと、僕達を照らしている。

息を吸うと、潮の香りが胸いっぱいにひろがる。

僕の名前は桜井リク。山と海でいったら、山のほうが好きな小学6年生。

だけど僕はいま、山じゃなくて海のすぐ近くに立っていた。

僕達はいま、**『ラストサバイバル』**っていう大会に参加している。

ラストサバイバルは、全国から50人ぐらいの小学6年生を集めて、だれが1番になるのかを競う大会だ。

ラストサバイバルでなにをするのかは毎回変わるんだけど、今回僕達は島のなかを歩きまわる『サバイバルアドベンチャー』っていう競技をやっていた。

やっていた、っていうのはついさっきその競技が終わったところだからだ。

「あはっ！」

そして僕の目の前では、今回の大会で優勝した男の子——早乙女ユウ君が、甲高い笑い声をあげている。

ラストサバイバルで優勝すれば、なんでも願いをかなえてもらえる。

たとえばそれは『お金がほしい』でもいいし『世界中を旅したい』でもいいし『だれかの命を助けたい』とかでもいい。

かなえてもらう願いはなんだっていい。

そしてユウ君はちょうどいま、この大会で優勝して、願いごとをかなえてもらったところだった。

『僕とみんなを、この島から帰さないでください』

それが、ユウ君が言った願いごとだ。

僕、っていうのはユウ君自身で、みんな、っていうのは今回の大会に参加したみんなだ。

つまり、僕達はユウ君がそのお願いをした瞬間、この島から帰れなくなったっていうことになる。

「ねえリク君。これで僕達、ずっといっしょにいられるよ！」

そう言いながら、ユウ君は僕のほうを見た。

光を感じない、真っ黒な瞳が僕のほうへとむけられる。

「宿題もない、親もいない。僕達だけの世界で、死ぬまでずっといっしょに暮らすんだ！」

なにかにとりつかれたように、ユウ君は笑う。

「あはは！　ずっといっしょだ！　ずっと、ずっと、ずっと、ずっと――」

まるでこわれた人形のように、ユウ君は笑う。


――そうして僕達は、この島にとじこめられることになったんだ。

LAST SURVIVAL

おいしそうな朝ごはんが、僕達の目の前にならべられている。

白いご飯に、わかめのみそ汁。納豆、ベーコン、目玉焼き。

ご飯とみそ汁からは、ほんわかと湯気がたっていて、ベーコンの上では油がまだぷつぷつとはねている。

「みんないきわたった？　それじゃ、いただきます」

「「「「いただきまーす！」」」」

朱堂さんの一言のあと、それにつづくように僕達は手をあわせ、朝ごはんを食べはじめた。

いま僕達は、とある民家で生活している。

あのあと――ユウ君が優勝して、願いごとを言ったあと、そのまま僕達は島から帰れなくなった。

家に帰れなくなった僕達は、島の南西にある無人町につれていかれた。

無人町は数十軒の民家が建ちならぶ小さな集落のような場所で、僕達以外にすんでいる人はいない。

そこで僕達は、生活することになったんだ。

とはいうものの、大会に参加していた子供達が、全員いっしょになって生活しているわけじゃない。

町の集会所みたいなところで寝泊まりしている子もいるし、僕達みたいに無人の民家で生活をしている子もいる。

いまこの家にいる子は、僕をふくめて7人いる。

まず、僕のとなりに座っている背の高い女の子が朱堂さん。

そのとなりで目玉焼きにしょうゆをかけている気弱そうな女の子がヒナさんで、目玉焼きにソースをかけている男の子がソウタ君。そして、その2つを同時にかけようとスタンバイしている眼鏡の子がケンイチロウ君。

そして、ケンイチロウ君と僕のあいだにはもう二人、男の子が座っているんだけど――

「おい、ツバサ！　なんで俺の分だけメシがねえんだよ？」

と、そのとき、ケンイチロウ君のとなりに座っているほうの男の子――ゲンキ君がそんなことを言った。

　ゲンキ君は、その名前のとおり、いつも元気にみちあふれているような子だ。

　だけど、そんなゲンキ君の前には、おかずどころかご飯も置かれていない。

「おめーが、つまみ食いなんかするからだろうが」

　すると、僕のとなりにいるほうの男の子――ツバサ君が、納豆をかきまぜながらそう答えた。

　ツバサ君は、一言でいうと『目つきの悪い茶髪のイケメン』だ。

　正直、家庭的という言葉とは正反対にいるような見た目をしているけど、いま僕達の前にならんでいる料理は、実はぜんぶツバサ君がつくったものだった。

　その名残といったらあれだけど、ツバサ君は僕達のなかで一人だけ、黒いエプロンを身につけている。

「つまみ食いぐらい、許してくれよ！」

「じゃあ聞くがなゲンキ。もしおまえが早起きして、他のやつらの朝メシをつくってるときに、そのつくった料理をかってにバクバク食ってるヤロウがいたらどう思う？」

「バクバクは食ってねえって――」

と、言った瞬間、ツバサ君がぎろりとゲンキ君をにらみつける。

ゲンキ君は『やべっ』という顔をして、降参するように両手をあげた。

「あー、まぁ、そうだな……たしかに、それは俺が悪かった……」

そう言ったあとで、ゲンキ君は助けを求めるように僕のほうを見てきたけど、僕はゲンキ君から目をそらして、静かにみそ汁をすする。

僕、ゲンキ君、ツバサ君、ケンイチロウ君、ソウタ君、朱堂さん、ヒナさん。

これが、いまこの家でいっしょに生活をしている7人だ。

この島から帰れないってなったときは、どうなることかと思ったけど、こうしてみんなといっしょに生活をするっていうのは、なかなか楽しかったりする。

でも、楽しいと思うその裏には、ひとつの不安があった。

いったい、いつまで僕達はこの島にとじこめられるのか。

いったい、いつになったら、僕達は家に帰れるのか。

――そう、僕が思ったときだった。

「おはようテレビの前のみんな！　調子はどうかな？　スポーツ、エンタメ、政治にビジネス。なんでもござれのミスターチャンネルが始まるよ！」

　とつぜん、居間にあったテレビがついて、画面に白いライオン頭の男――ミスターLの姿が映しだされた。

　ミスターLは今回僕達が参加していたラストサバイバルっていう大会の主催者で、僕達をこの島につれてきた張本人でもある。

　白いたてがみ、白いシャツ、白いズボンに白い靴。

　頭の先からつま先まで、ありとあらゆるものが白い。

　顔にはいつも特殊メイクをしているから、その素顔はだれも見たことがないし、その本名もだれも知らない。

　いきなり始まったテレビ番組に、僕はただぼうぜんとするだけだったけど、ツバサ君はリモコンを手にとって、なんのためらいもなくテレビを消した。

Mr.
Channel
ミスターL

「え？　ちょ、ツバサ君？　かってに消すのは……」

「かってにつくほうが悪ぃんだよ。俺はメシのとき、テレビは見ねぇんだ」

そうツバサ君が言った瞬間、もういちどテレビにミスターLが映り、

「ちょっと、ちょっと、いきなり消すなんてひどいじゃないか！」

と、訴えかけてきた。

もちろん、ミスターLはテレビのむこう側にいるから、こっちの様子なんてわかるはずがないんだけど、あきらかに僕達に話しかけてきている。

その姿を見て、僕は少しこわくなった。

テレビを見ているはずの自分が、いつのまにかテレビに見られているような、そういう気分になったからだ。

ミスターLのことだから、この家にカメラやマイクをしかけておくことぐらいはできるんだろうけど、それでもテレビのむこう側の人に話しかけられるっていうのはこわい。

そして、番組はなにごともなかったかのように進行していく。

「さて、気をとりなおしていこう。じゃあ最初は『なぜなにミスターL』のコーナーだ！

このコーナーは、みんなから集まった質問に、私が直接答えていくコーナーだよ」

そう言いながら、ミスターLは自分のポケットから一枚の紙をとりだした。

「それでは、最初の質問はこちら。**『いつになったらこの島から帰れるんですか？』**」

その言葉に、テレビの前の空気が、一瞬にしてはりつめたものに変わる。

実は僕達がいつまでこの島にいるのかっていうのは、ミスターLの気分による。

だから、もしミスターLが僕達を家に帰そうと思えば、僕達は今日にでもこの島からでていくことができるのだ。

「なるほど！　これはいい質問だ。答えはこうだよ」

そしてミスターLは、もったいつけるように服装をととのえ、一言一言をきちんと区切りながら、僕達にむかってこう答えた。

「**君達は、**

このままずっと、

この島から帰ることはできない！

……答えになったかな？」

その言葉に、僕はぐっと奥歯をかみしめる。

予想していたことだったけれど、こうして口にだされると感じるものがまるでちがう。

「だけど心配することはないよ。食べ物はこっちで準備するし、病気になったら治してあげる。他にも必要なものがあったらなんだって用意できるよ。たとえば——」

そう言った直後、ミスターＬのうしろに大きな棚が運ばれてきた。

「食べきれないほどのお菓子、飲みきれないほどのジュース、読みきれないほどの漫画。この島にいるかぎり、これらはぜんぶ君達の好きに使ってくれてかまわないからね」

ミスターＬの言葉のとおり、その棚の上にはいろんなものが置いてある。

でも、ミスターＬがここまでしてくれるっていうことは、おそらく本気で僕達を家に帰すつもりはないってことだ。

好きなものを好きなだけ使っていい。

でもそれには『家族に会えなくなる代わりに』っていう条件がついているんだ。

「それでは次の質問に……っと、ここで臨時ニュースがはいったようだね」

そのとき、画面の外からスタッフがやってきて、ミスターＬにメモ用紙をわたした。

ミスターLは、そこに書かれている内容を読んだあと、おどろいたように声をあげる。

「おおっと、これはすごいニュースだ！　なんといまからこの島を舞台にして、あたらしいラストサバイバルが開催されるようだよ！」

ラストサバイバル、という言葉を聞いたとき、もういちど僕達のまわりに緊張が走った。

もちろん、ミスターL以外にラストサバイバルを開催する人なんているわけないから、いまミスターLがおどろいているのは、完全な一人芝居ってことになる。

だとしても、ミスターLがいま言ったことは、聞き流せることじゃない。

「それじゃあ、さっそくくわしい説明にうつろう……と、その前に、みんなタブレットは手もとにあるかな？　もしなかったらいまのうちに準備しておいてね」

その言葉を聞いて、僕はこの島にくるときにわたされていたタブレットをとりだす。

タブレット、といっても大きさは手のひらにのせられるぐらいのサイズで、腕にもつけられるようになっている。

「みんな準備はできたかな？　それじゃあいまから『サバイバルトレジャー』の説明をさせてもらうよ」

サバイバルトレジャー、おそらくそれが今回行うラストサバイバルの競技の名前なんだろう。

「ルールは単純。この島にかくされている宝を最初に手にした参加者が優勝だ！」

宝、とミスターＬが言った瞬間、ゲンキ君の顔がぱっと輝く。

「とはいっても、さすがにノーヒントで宝をさがせとは言わないよ。じゃあ最初に、この暗号を見てもらおうかな」

ミスターＬがそう言うと、タブレットの画面に次のような暗号が表示された。

「×☆▲♥▲　☆□×○♪○♥　♥□▲×♪」

「さてこの暗号、実はこの島にかくした宝のありかをしめしているんだけど、これだけだとなにがなにやらさっぱりわからないよね？　だからお次はコイツをどうぞ」

と、ミスターＬが言うと、もういちど画面がきりかわって、この島の地図が表示された。

地図の上にはぜんぶで７つ、赤い丸が記されており、そのなかには記号がそれぞれつけ

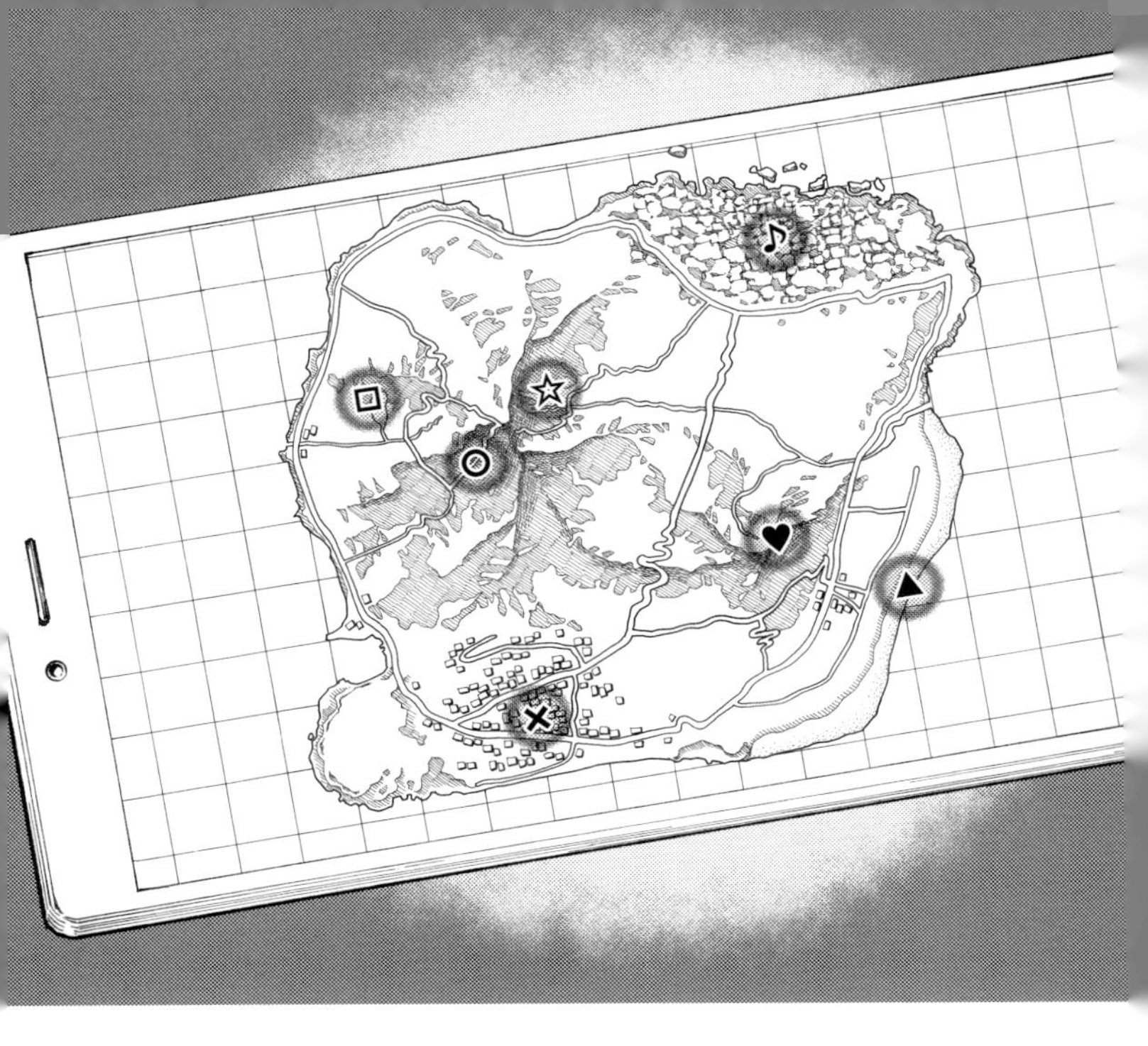

られている。
無人町——×
灼熱浜——▲
やまびこ山——♥
強者の道——○
妖精の湖——□
龍殺しの急流——☆
鬼がくれの岩場——♪

そのなかにはいくつか、僕達が前のラストサバイバルで行った場所もあったけど、僕達がまだ行っていないところもあった。

「いま表示された目的地には、それぞれの記号にあたるヒントがかくされているんだ。たとえば、無人町にかくされている『×』のヒントを見つけると、さっきの暗号にかくされた文字が更新されるようになっている」

そうミスターLが言うと、さっきまで『×』と書かれていたところに、あたらしい文字がうかびあがってきた。

「お☆▲♥▲　☆□の○♪○♥　♥□▲く♪」

それだけだと、暗号は読めないままだけれど、他の記号の部分がうまっていけば、だんだん読めるようになっていくだろう。

「これでわかったかな？　つまり君達はいまから、島にかくされているヒントを見つけ、暗号を読み解き、宝のありかをつきとめ、それを手にいれてほしいんだ」

そう言って、ミスターLは両手を大きくひろげる。

「もちろん、優勝したらなんでも願いをかなえてあげるよ。もし、家に帰りたいっていうんなら、そのとおりにしてあげる」

ミスターLの言葉を聞いて、僕の心臓がどくんと脈打った。

優勝したら家に帰れる。

でもそれは、そうまでしないと家には帰れないっていうことでもある。

「それじゃあさっそくスタートといこう。制限時間はきめないからね。早い者勝ちのお宝争奪戦、サバイバルトレジャーの始まりだ！」

そして、テレビが**ぶつん**、ときれた。

さっきまでミスターLの声がひびいてたのもあって、なんだかみょうな静けさがある。

「おいおい、なんだよわくわくすんなぁ！」

そのなかで、最初に口をひらいたのはゲンキ君だった。

「宝さがしだぜ、宝さがし！　これでテンションあがらねえほうが嘘だろ」

ゲンキ君のテンションが高いのはいつものことだけれど、いまの僕達にとって、そのテンションの高さはありがたかった。

「そういうことなら、いくつかのグループにわかれて行動したほうがいいかもね」

すると、いつのまにか朝ごはんを食べ終えていた朱堂さんが、自分の食器を積みあげながらそう言った。

「うん？　なんでわかれたほうがいいんだ？」

「手わけしてヒントをさがしたほうが効率がいいってだけだよ。そうすれば情報を共有できるでしょ？」

「ちょっと待て、そしたら最終的にだれが優勝することになる？」

「だれでもいいんじゃない？　けっきょく私達のなかでだれが優勝しても、願いごとは変わらないんだしさ」

その言葉を聞いて、朱堂さんのとなりに座っていたヒナさんが首をかしげた。

「願いごとは変わらないって、どういうこと？」

「私達のなかのだれかが優勝したら『この島にいる全員を家に帰してください』ってお願いすればいいんだよ。そうすれば全員が家に帰れる。だから、ゲンキが優勝したいって言うなら、別に私はそれでもいいよ」

そう朱堂さんが言うと、ゲンキ君はなんだかおもしろくなさそうな表情をうかべた。

基本的にゲンキ君は優勝するためじゃなく、楽しむためにこの大会に参加している。

だから、朱堂さんがいま言ったみたいに、勝ちをゆずられるっていう状況はあんまり好きじゃないんだろう。

「それで、いくつのグループにわかれるんだ？」

どこかすねたようなゲンキ君を尻目に、ツバサ君が口をひらいた。

「とりあえず、二手にわかれる感じでいいんじゃない？」

そう言って、朱堂さんは全体を見まわしたけど、特にみんな反対する様子はない。

「それじゃあチームは『裏表』できめるか？」

二手にわかれるときまったあとで、ケンイチロウ君がチームわけの方法について、聞き覚えのない方法を提案してきた。

「いや、裏表ってなんだよ。ふつう『グッチョ』だろ」

「え？　チームわけってふつう『グーパー』じゃないの？」

なんてことを話しながら、けっきょく、僕達はグーパーじゃんけんをして（ちなみに、ケンイチロウ君が言った『裏表』とは、手の甲と手のひらでチームをわけるやり方らしい）、次のようなグループがきまった。

まずAグループは、僕、ツバサ君、ゲンキ君の三人。

次にBグループは、朱堂さん、ソウタ君、ケンイチロウ君、ヒナさんの４人。

しかたがないことではあるけど、やっぱりちょっと人数のバランスが悪い。

もう一人だれかいれば、ちょうど割りきれる数になるんだけど……。

と、僕がそう思ったときだった。


「リークー君。あーそーぼー」


家の外から、男の子の声がした。

いや、もっと正確に言うなら、僕がいま座っている場所のすぐうしろから、その声は聞こえてきた。

僕達がごはんを食べていた居間には、大きなガラス戸があって、そこから直接外へとでることができる。

そして、そのガラス戸のむこう側に、一人の男の子が立っていた。

細い体に、いまにも吸いこまれそうな黒い瞳。

僕達をこの島にとじこめた張本人——ユウ君がそこに立っていた。

「おはようみんな。おじゃましまーす」

そしてユウ君は、なんのためらいもなくガラス戸をあけ、家のなかへとはいってきた。

「ああ、まだ朝ごはん食べてる途中だったんだね。おいしそうだなぁ、だれがつくったの？」

そう言いながらユウ君は、僕達のことを見まわして、エプロン姿のツバサ君のところで目をとめる。

「あ？　もしかしてツバサ君がつくったの？　すごいなぁ。それに、そのエプロン姿すごく似あってるよ」

「……チッ」

ユウ君にそう言われて、ツバサ君は居心地が悪そうに舌打ちをした。

ふだんのユウ君は――少なくとも僕達の知っているユウ君は、こういう話し方をしない。

ふだんのユウ君は、もっと人形のように、感情を表にださないような話し方をする。

それにくらべると、いまのユウ君はすごく感情豊かで幸せそうだ。

ふつうだったら、そっちのほうがいいんだろうけど、いまの状況だとその幸せそうな表情が、ただただ薄気味悪かった。

くりかえすけど、ユウ君は僕達をこの島にとじこめた張本人だ。

なのにユウ君は、それをまったく気にしている様子はない。

あやまる様子はないし、申しわけなさそうにしてるわけでもない。

たとえばそれは、クラスで大事に飼っている金魚を殺した直後、なにごともなかったかのように話しかけてきているようなものだ。

もちろん、それがふつうなわけはない。

「ねえリク君、それよりさっきの放送見た？」

ユウ君は、ツバサ君の舌打ちなんてまるで気にせずに、僕の顔をのぞきこんできた。

ユウ君の言った放送とは、おそらくミスターLがテレビで言っていた『サバイバルトレジャー』の件だろう。

「ああ、うん。見てたけど……」

と、僕が言うと、ユウ君の目がぱっと輝いた。

「それでさ！　それでさ！　僕、あれ見て、すごくおもしろそうだと思ったんだ！」

ついさっき、ゲンキ君も同じようなことを言っていたけれど、ゲンキ君が言うのとユウ君が言うのとでは、ぜんぜんその雰囲気がちがった。

本当にわくわくしているっていうのは伝わってくるんだけど、ユウ君の場合は、言葉の裏に底知れないこわさのようなものがあった。

「……」

ユウ君の言葉に僕がなにも言わないでいると、ユウ君はどこか恥ずかしそうな表情をうかべて、自分の話をつづけていく。

「え、えへへ、それでね、よかったら、僕もみんなといっしょに宝さがしがしたいなあって思って……」

ユウ君がそう言ったとき、ゲンキ君以外の顔がほんのわずかにかたくなった。

どうにかしてこの島から帰りたい僕達に対して、ユウ君は僕達をこの島にとじこめたいと思っている。

こういう言い方をするとあれだけど、いまの僕達とユウ君はいわゆる敵同士だ。

それなのにどうして、ユウ君は僕達といっしょに行きたい、なんてことが言えるのか？

「いいじゃねえか、いっしょに行こうぜ」

あまりのことに、言葉を失う僕達だったけど、ゲンキ君だけがいつもと変わらない様子で笑っている。

「おいゲンキ！　おまえ、なに言ってんのかわかってんのか？」

すると、ツバサ君はいまにもかみつきそうな目で、ゲンキ君のことをにらみつけた。

「ユウも俺達といっしょに宝のヒントをさがすってだけだろ？　しかも、ユウをいれれば、8人になるんだから、人数的にもちょうどいいじゃねえか」

「おまえは、コイツが、俺達に、なにをしたのかわかってるのかって聞いてんだ！」

ゲンキ君の言葉に、ツバサ君がつくえをたたいてユウ君のことを指さした。

だけど、それを言われたゲンキ君の表情は変わらない。

「俺達を島にとじこめたんだろ？」

ユウ君は少し、ツバサ君に対して怯えるような表情をうかべたけど、ゲンキ君は笑った状態のままそう答えた。

「わかってんなら、どうして――」

「だとしても、俺達とユウは友達だ」

ツバサ君の言葉を断ち切るように、ゲンキ君は言った。

「たとえユウがなにをしたって、俺はそれを変えるつもりはねえよ」

ゲンキ君は笑顔のままだったけど、言葉にできない力強さがその言葉にはあった。

「……かってにしろ」

そう言いながら、ツバサ君は根負けしたようにため息をつく。

ツバサ君が折れたということで、他のみんなからもそれ以上の反対意見はでなかった。

そんななか、ユウ君はまるでお酒に酔ったように、とろん、とした表情をうかべている。

「ありがとぉ、ゲンキ君。僕、せいいっぱいがんばるよ」

そういうことで、ユウ君も僕達といっしょに行くことになったんだけど、それがいいのか悪いのかは、僕にはわからなかった。

「それじゃ、いちおうこれからの流れを確認しておくよ」

ひととおりの話しあいが終わったところで、朱堂さんは自分のタブレットにこの島の地図を表示させる。

「いまから私達は二手にわかれて、宝のヒントをさがす。たぶん一日のうちにぜんぶのヒントを見つけるのはむずかしいから、暗くなる前にこの家にもどってきて、今日の成果を話しあう。こんな感じでいいかな？」

と言って、朱堂さんは全体をざっと見まわした。

みんなは未だに、ユウ君がついてくることについて納得はしていないようだったけれど、とりあえず今日の流れについて不満はないらしい。

「そうときまったら、さっそく食器を片づけて、出発の準備をしましょうか」

そうして、僕達のサバイバルトレジャーが始まったんだ。

2

〈早乙女ユウの昔話〉

▶ 現在のリクの位置 ◀

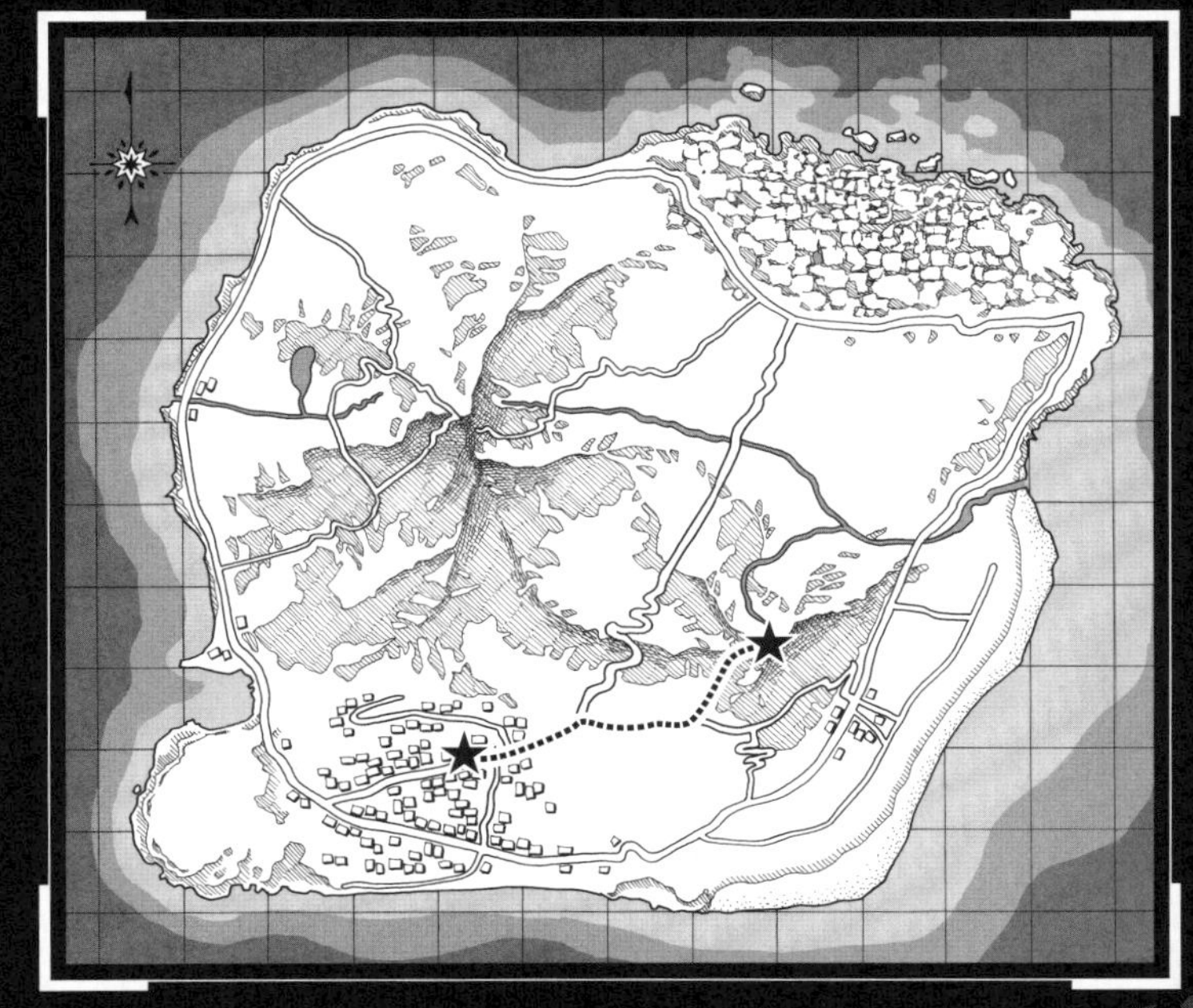

「ねえねえ、リク君。リク君って学校の休み時間のとき、どういうことして遊んでるの？」

やまびこ山をたんさくしている最中、いっしょにいたユウ君がそんなことを聞いてきた。

やまびこ山は島の東側にある小高い山で、記号で言うと『♥』のヒントがかくされている場所になる。

そこで僕達はいま、宝のヒントをさがしていた。

タブレットに表示される地図には、7つの赤い丸が記されているけれど、それはそのままヒントの場所をあらわしているわけではない。

もちろんその赤い円のなかにヒントはかくされているんだろうけど、問題なのはその円が意外と大きめに書かれていることだった。

つまり、地図に書かれた赤い円は『ここにヒントがありますよ』というのではなく『この範囲にかくされているヒントをさがしてね』という感じのものだったんだ。

「え？　学校の休み時間のとき？」

もっというと、いま僕はユウ君と二人っきりでヒントをさがしていた。いっしょにやまびこ山にきたゲンキ君とツバサ君は、ここはまた別のところでヒントをさがしている。

地図に書かれた赤い円が意外に大きかったということもあって、さらに二手にわかれてヒントをさがすことになったんだ。

「えっと、なんだろ？　ジョーセンとかかな？」

休み時間になにをして遊んでいるかという質問に僕がそう答えると、ユウ君はきょとんという表情をうかべた。

「ジョーセン？」

「つくえの上に置いた定規をペンではじいて、相手の定規を落とすって遊びだよ」

「へえ、おもしろそうだね」

おもしろそうと言ってユウ君は笑ったけど、その笑顔を見て、僕はおもわず顔をしかめてしまう。

ユウ君が僕達に対してうかべる笑みは、ふつうのものとは少しちがう。

僕達のことを見ているようで、実はだれのことも見ていない。

ユウ君が僕達に対してうかべる笑みは、たとえば小さい子供が人形相手にうかべる笑みと同じだ。

だから、ユウ君に笑顔をむけられると、まるで自分が人形になったように感じてしまう。

その状態を僕はなんとかしたかった。

そのためにはまず、ユウ君の心をひらいてあげなくちゃいけない。

でも、どうすればユウ君の心をひらくことができるのか？

「うーん、それにしても宝のヒントって、どういうふうにかくされてるのかなぁ？」

そんなことを考えているうちにも、ユウ君は僕に話しかけてくる。

いや、どちらかというとそれはひとりごとに近かったけれど、話しかけてほしいんだな、というのが伝わってくる話し方だった。

「まあ、ミスターLのことだから、道端にぽん、っていう感じじゃないとは思うけどね」

とはいうものの、いま僕達が歩いているところは、そもそも道らしい道じゃない。

木々のあいだというか、草木のあいだというか、そういうところを僕達は歩いている。

そんなに木が密集してはえているわけじゃないから、どういう方向にも歩いていけるし、けっこう遠くのほうまで見わたせたりする。

森というより、林というほうがイメージとしては近い。

と、そのとき、こっちを見てみょうにうれしそうにしているユウ君と目があった。

「えへへ」

僕と目があったあとで、ユウ君が恥ずかしそうに笑う。

「……楽しいなぁ」

そしてユウ君は、じっくりとかみしめるようにそんなことをつぶやいた。

「なにがそんなに楽しいの？」

正直、僕としてはいまのこの状況は、あんまり楽しいとは思えない。

いちおう、島で宝さがしをしているっていういまの状況は、すごいワクワクしそうな状況ではあるんだけど、そんなことより僕はユウ君のことが気になってしかたがない。

ユウ君のねらいはなんなのか？

なにを考えてこんなことをしているのか？

この状況を楽しもうにも、そういうことが頭にずっと引っかかっている。

そんなことを考えていると、ユウ君の笑みがよりいっそう深いものに変わった。

「なにって、もちろんリク君が僕のことを考えてくれてるからだよ」

「――っ」

ユウ君にそう言われたとき、背中がゾクリとした。

心のなかを読まれているような、そんな気がしたからだ。

「だってリク君は僕をちゃんと見ててくれるし、僕の言葉に答えてくれるんだもん」

そう言いながら、ユウ君は前をむきなおして、歌うように言葉をつづけていく。

「楽しいなぁ、楽しいなぁ。いっしょにいるって楽しいなぁ」

そのときの僕は、完全にユウ君のペースにのまれていた。

「ね、ねえ、ユウ君」

このままじゃいけない、と僕は自分のほおをたたいて、ユウ君に声をかける。

ユウ君は、前を見ながらご機嫌な様子で「なぁに？」と答えてくれた。

声をかけたはいいけど、いったいなにを聞こうか？　と僕は思う。

もちろん、聞きたいことはたくさんある。

ユウ君はなぜ、僕達をこの島にとじこめようと思ったのか？

もし今回の大会で優勝したら、これ以上なにをお願いするのか？

でももしそういう質問をしたとしても、ユウ君は答えてくれないだろう。

「その……ユウ君の学校で、はやってることって……ある？」

だから僕はまず、ふつうの質問をしていくことにした。

そもそも僕は、ユウ君のことをなにも知らない。

血液型、誕生日、好きな食べ物やきらいな食べ物。

ユウ君の心をひらくためにも、まずはそういうことを知っておいたほうがいい、と僕は思ったからだ。

だけど、僕がその質問をした瞬間、ユウ君の表情が消えた。

さっきまでの笑顔が、急に真顔にきりかわり、なにを考えているのかわからない表情を僕のほうへとむけてくる。

そのときの僕は、はっきり言って心臓が止まるかと思った。

実際はそれとは逆にバクバクと音をたてて鳴っていたけれど、僕がおどろいたっていうのは変わらない。

「ユウ……君？」

なにも言わずにこっちを見ているユウ君に対して、僕はおそるおそる話しかける。

僕が話しかけると、ユウ君はハッと我に返ったように口をあけた。

「あ、うん、ごめんリク君。なんだっけ？」

「えっと、だから……ユウ君の学校で、はやってることってあるのかなって？」

そう僕が聞くと、ユウ君の顔にゆがんだ笑みがうかぶ。

さっきまでみたいに、笑っているっていうのはわかるんだけど、はっきりとその笑顔がゆがんでいた。

「僕の学校で、はやってること？」

そのゆがんだ笑みをうかべたまま、ユウ君は僕の言葉をくりかえす。

「僕の学校で、はやってること！」

そしてユウ君はもういちど、大きな声でさけんだ。

さけびながら、ユウ君はその場でくるりとまわる。

演劇で、あるいはミュージカルで、舞台の上の役者がそうするように、ユウ君はくるりとその場でまわった。

「いいよ、いいよ、リク君には話してあげる。だって、リク君と僕は友達だからね」

そのときにはもう、ユウ君はさっきまでの調子にもどっていた。

学校ではやっていることを聞くだけで、なんだかどっとつかれた気がする。

これじゃあ、ユウ君の心をひらくのは、いったいいつになることやら――

なんてことを僕は思っていたけれど、そんな気持ちは次の瞬間どこかへ吹きとんでいってしまった。


「僕の学校ではね、『早乙女ユウを無視する遊び』がはやってるんだ」


「……え？」

そのとき僕は、ユウ君の言った言葉の意味がわからなかった。

ユウ君がどこまで本気で言っているのかわからなかったけど、さっきユウ君が真顔になったのを見るに、まったくの嘘ではないんじゃないかとは思う。

でも、もしそれが本当なんだとしたら、それは『遊び』じゃなくて――

「いじめられてるわけじゃないよ」

すると、僕の考えを読んだようなタイミングで、ユウ君がそう言った。

「別にたたかれたりもしてないし、お金をとられたりしているわけでもないしさ」

ユウ君自身にそう言われ、僕はただ言葉を失った。

そのときの僕は、宝さがしのことも、ここが山のなかだっていうことも、ぜんぶ忘れてしまっていた。

いや、正確には忘れていたわけじゃなくて、ぜんぶどうでもよくなっていた。

それよりも僕は、ユウ君のことをもっと知らなくちゃいけない。

そう、強く思ったときだった。

ピーっていう笛の音が、遠くのほうから聞こえてきた。

「あ、ゲンキ君達が、なにか見つけたみたいだね」

その笛の音を聞いて、ユウ君が音のしたほうを見る。

ユウ君が言ったとおり、それは僕達がなにかを見つけたときに鳴らす合図の音だった。

「それじゃあ行こうリク君。ゲンキ君達、なに見つけたのかなぁ？」

そしてユウ君は、僕に背中をむけて、笛の音がしたほうへと進みはじめる。

「あ、ちょっと、ユウ君」

あわてて僕はそのうしろを追いかけていったけど、僕の頭のなかではずっとユウ君の言葉がくりかえされていた。

『早乙女ユウを無視する遊び』

それはいったい、どういう意味なのか？

ユウ君の学校では、いったいなにが起こっているのか？

そんな疑問を残したまま、僕達はゲンキ君達のところへむかったんだ。

*

「おーい、リク！　ユウ！　こっちだこっち！」

笛の音がしたほうへと歩いていくと、ゲンキ君がこちらに手をふっているのが見えた。

そのとなりではツバサ君が、タブレットをいじくりながら立っている。

「ヒントが見つかったの？」

ゲンキ君達に近づきながら、ユウ君がはずむような声でそう聞いた。

「いや、ヒントは見つけてねえけどよ、それよりもいいもんを見つけたぜ！」

と言って、ゲンキ君はすぐ近くにある斜面を指さした。

指さした先にあるものを見て、僕は一瞬息をのむ。

その斜面には、車が一台は通れそうなほどの大きな穴がぽかりと空いていた。

洞穴、というか、洞くつ、というか、そういうものの入り口が目の前にあったのだ。

「どうだ！　ぜってえこのなかにはなにかあるぜ！」

自信満々にゲンキ君が言うのを聞いて、僕は正直心がおどった。

このなかに宝のヒントがかくされているのかはわからないけど、もし僕がミスターＬだったら、ぜったいこの洞くつのなかにヒントをかくすだろう。

そして、興奮しているのはどうやらユウ君も同じようだった。

「すごいよ、ゲンキ君！」

「そうだろ、そうだろ？　まあ、俺とツバサで先にはいることもできたんだけどよ、なにかあったらやべえから、先に二人を呼んだってわけだ」

そう言って、ゲンキ君はうれしそうに笑っていたけど、となりにいるツバサ君はどこか機嫌が悪そうだった。

「それで、なかにはいるのはおまえら三人でいいのか？」

「なに言ってんだよ、ツバサもいっしょに行こうぜ」

「全員で行って、なにかあったらどうするんだよ。こういうときは外で一人は待ってるべきだろ」

「とか言いながら、本当は洞くつにはいるのがこわい――」

と言った瞬間、ツバサ君がゲンキ君をぎろりとにらみつけた。

「――わけねえよな。たしかにツバサの言うとおりだ。俺達になにかあったらたのんだぜ」

ゲンキ君も、いまのツバサ君を怒らせるべきじゃないと判断したのか、流れるように言葉を変えていく。

「それじゃ、準備物の確認だ。全員ヘッドライトは持ってきてるよな」

ツバサ君に言われて、僕達はリュックのなかからヘッドライトをとりだした。

ちなみに、いま僕達が背負っているリュックのなかには、ヘッドライトだけじゃなくて、ナイフやライター、ロープや軍手などといった道具一式がはいっている。

欲を言えばヘルメットもほしかったんだけど、さすがに持ってきていないのでタオルを頭にまいて代用することにした。

みんなの準備がととのったところで、ツバサ君が首にぶらさげていた笛を僕達に見せる。

「いいか。数分ごとに俺が笛を2回吹くから、それが聞こえたらおまえらも笛を2回吹いてくれ。それが聞こえたら俺は3回笛を吹く。それが問題なしって合図だ」

「なにかあったら？」

「緊急のときだけ思いきり吹け。宝のヒントを見つけたとかだったら、別に吹かなくていい。それと、笛の音が聞こえないぐらい奥には行くなよ？」

「了解」

そして、僕達はゲンキ君を先頭にして、洞くつのなかに足をふみいれていく。

洞くつのなかの空気は思ったよりも冷たかった。

入り口の部分はまだ、ひんやりとするぐらいだったんだけど、奥に行くにつれてどんどんと寒くなってくる。

それに加えて、かなり暗い。

ヘッドライトで前は照らしているけれど、ライトがあたっていないところはほとんどなにも見えない。
入り口からさしこむ光が、どんどんと弱くなっていくのがわかる。
ほんの数メートル進んだだけなのに、それだけで世界が変わっていくみたいだった。
その変化を肌で感じて、おもわずほおがゆるんでしまう。
不安はある。こわくもある。
だけど、これ以上ないぐらいワクワクしている。
これがスリルだ。
これが冒険だ。
そのまっただなかに、僕達はいるんだ。
そう思ったとき、入り口のほうからピッピッと、笛の音が2回聞こえた。
うしろをふりかえると、入り口の光がおどろくほど小さくなっているのが見えた。
それでも、まだまだこの洞くつは奥へとつづいている。
あと数メートル進めば、あの入り口の光も見えなくなるだろう。
そう思いながら、僕は首にさげている笛を2回吹いた。

すると、今度は**ピッピピッピッ**と3回笛の音が聞こえる。

どうやらきちんと、ツバサ君にも笛の音が聞こえたらしい。

気をとりなおして、僕達はもういちど前へ進みはじめる。

もっと深く。

さらに奥へ。

いそがなくていい。

ゆっくりでいい。

一歩一歩を確実にふみしめていく。

下はごつごつとした岩場になっている。

もしここで足をすべらせたら、大変なことになるだろう。

まわりが見えれば、足をすべらせても手をつくことができるけど、こんなに暗いとどこに手をついたらいいのかわからなくなる。

そのとき僕は、自分の呼吸が速くなっていることに気づいた。

緊張しているからか、と思いながら僕は大きく息を吸いこむ。

ひんやりとした空気。

そして、そのなかにはみょうな生ぐささがまじっている。

「ねえ、ゲンキ君。なんか、変なにおいしない？」

と、僕がゲンキ君に声をかけると、ゲンキ君がスンスンと鼻を鳴らした。

「あー、たしかにするな。でも、なんだこのにおい？」

「コウモリのフン……とかかな？」

ユウ君の言葉に、僕は改めて足もとをライトで照らしてみる。

だけど、少なくとも僕の見える範囲では動物のフンのようなものは見あたらない。

足もとを見たあとでまわりに目をむけてみると、おもわず僕は固まってしまった。

いままで、ころばないように足もとを見ていたから気がつかなかったけど、かなりひろい場所に僕達は立っていたからだ。

体育館ほど、とまではいかないけれど、ふつうにボール遊びができるんじゃないかっていうぐらいにはひろい。

「うっは、すげえなこりゃ」

それを見たゲンキ君が、うれしそうにつぶやく。

ヘッドライトの明かりしかないから、全体が見えるわけじゃないけど、それでもこの場所のひろさはわかる。

「んん？」

と、そのとき、ゲンキ君が前方にライトをむけながら、なにかに気づいたような声をあげた。

「なんか、あそこにありやがるな」

ゲンキ君に言われて、僕もその方向にライトをむけると、たしかに遠くのほうでなにかが明かりを反射している。

「もしかして、あれが宝か！」

「正確には『宝のヒント』だけどね……」

どちらにせよ、前に進んでみないことには、それがなんなのかはわからない。

そうして僕達が洞くつのさらに奥へ行こうとすると、ツバサ君の笛の音が聞こえた。

はやる気持ちをおさえながら笛を吹きかえすと、**ピッピッピッ**という音が聞こえる。

まあ、ツバサ君からしたら洞くつの入り口で笛を吹くしかやることがないんだから、実はけっこうヒマなのかもしれない。

そして僕達は、もういちど前にむかって進みはじめた。

いったい、どこまでつづくんだろう？

このときから少しずつ、僕のなかにあった不安が大きくなってきた。

もしこの洞くつがくずれてきたら？

もし原因不明のガスみたいなのが、洞くつのなかにたまっていたら？

もちろん、そういう不安は最初からあった。

だけどいまになって、それがどんどんとふくらんできている。

奥に行けば行くほど、かんたんにはもどれなくなる。

たとえばそれは、海の底にもぐっていくようなものだ。

途中で息が苦しくなっても、あまり深くまでもぐっていたら、海面に顔をだすのがむずかしくなる。

とりあえず、光を反射させているあれの正体を調べてからだ、と僕は思う。

もしその奥に道がつづいていたとしても、それ以上進むのはいったんやめにしよう。

「おい、見ろユウ！　リク！　宝箱があるぜ！」

　そう思いながら洞くつを進んでいくと、先頭を歩いていたゲンキ君が興奮した様子で、足早に前へ進みはじめた。

　置いていかれないように、あとを追いかけていくと、たしかにそこには映画とかでよく見る宝箱があった。

「よーし、じゃあさっそくあけて

みようぜ」

「あ、ゲンキ君。もうちょっと慎重に――」

と、僕が止めるまもなく、ゲンキ君が宝箱をあける。

宝箱のなかには――なんというか、よくわからない機械があった。

いや、もっと正確に言うと、その宝箱自体がよくわからない機械だったらしい。

一言であらわすと、宝箱のなかはスーパーのセルフレジみたいな感じになっていた。

真ん中には透明なガラス板みたいなのがあって、その横に『タブレットをかざしてください』という文字が書かれている。

「タブレットをかざすって、こんな感じか？」

そしてゲンキ君は、自分のタブレットをそのガラス板の上にかざす。

すると、タブレットの表示がきりかわり、そこに暗号が表示された。

「お☆▲く▲　☆□の○♪○き　そ□▲く♪」

いままで暗号でかくれていた『♥』の部分が、ふつうの文字に更新されている。

この時点で暗号を読み解くことはできないけど、一歩前進したのはたしかだ。

そして、僕とユウ君も暗号を更新したあとで、僕達はきた道をもどろうとした。

けど――

「えっと……どっちからきたんだっけ？」

うしろをふりむいてみても、そこには深い闇があるだけで、きた道がわからなかった。

ここにくるまでは、宝箱を目印にすることができたけど、帰り道にそういうものはない。

こんなことになるなら、僕がさっきのところで待っていればよかったな、と思う。

「あ、でもさ、こっちからツバサ君に笛を吹けばいいんじゃない？」

僕達がどうしようかとなやんでいると、ユウ君がそんな提案をした。

たしかにそれをすれば、音をたよりに僕達はこの洞くつから外にでられるかもしれない。

「よーし、そういうことならさっそく笛を吹いて――」

と、ゲンキ君が意気揚々と笛を口にくわえたときだった。

僕達の前方で、なにか白いものが動くのが見えた。

白いものが動いたから、それにライトをむけたんじゃない。

僕達がなんとなくむけていたライトの先に、その白いものがはいりこんできたんだ。

距離にしたら10メートルぐらいの場所だ。

その白いものを見た瞬間、ゲンキ君の口にくわえられた笛がぽろりと落ちる。

僕もその白いものを見て、頭のなかがパニックになった。

グルルルル

と、その白いものがうなり声をあげる。

むきだしになった牙と爪、するどい眼光に四つ足の体。

巨大なトラが、そこにいた。

テレビでしか見たことのないような白いトラが、僕達のライトに照らされている。

おそらくそのトラは、この暗闇のなかにずっといたんだろうけど、僕達はいままでそれに気がつかなかった。

ゆっくりと、トラがこちらに近づいてくる。

だけど僕達は、その場から一歩も動けなかった。

腰から下の感覚が、完全になくなっている。

正直、いまこうして立っているのだって奇跡のようなものだ。

いまのところトラは、僕達に対しておそいかかってくるような気配はなかった。

自分の巣穴にはいってきた僕達を、興味深く観察している――そんな感じだ。

でも、それがいつまでつづくのかはわからない。

ほんの気まぐれで、飛びかかってこられたら、それでもう終わりだ。

すでにこのとき、トラと僕達との距離は5メートルほどにまで近づいていた。

ゴフッ
ゴフッ
というトラの息づかいが、かすかに聞こえてくる。

それにあわせて、息のつまるような生ぐささが、より強く感じられるようになってきた。

ゲンキ君とユウ君は？

顔をトラのほうへとむけたまま、僕は横目で二人の様子を確認する。

さすがのゲンキ君も、このときばかりはふざけているよゆうはなさそうだった。

眉間にしわをよせて、まっすぐにトラのことをにらみつけている。

そして、ゲンキ君のとなりにいたユウ君は——笑っていた。

あまりにもこわくて、笑うしかない——そういう笑顔ではない。

自分の頭に拳銃をつきつけて、それを楽しんでいるような、そういう危ない笑顔だ。

と、そのとき、トラの体がわずかにしずんだ。

動きとしてはゆるやかなものだったけど、それを見た瞬間、僕の体をなにかいやなものがかけぬけていく。

そして、トラが僕達にむかって飛びかかってきた。

正確には、僕達じゃなくてユウ君のほうへだ。

「ユウ！」

それと同時に、ゲンキ君がユウ君の体をつきとばす。

飛びかかってきたトラが、僕の視界から消えた。

あまりにも一瞬のことに、頭が追いついていかない。

二人はどうなった？

ユウ君に飛びかかったトラはどこにいる？

そう思って僕は、とっさに二人がいたほうへライトをむけた。

ライトの先ではゲンキ君とユウ君がたおれており、そのすぐ近くにトラが立っている。

「こっちだ！」

このままだとまずい、と感じた僕は無意識のうちにさけんでいた。

その効果があったのかはわからないけど、トラはゲンキ君達のほうから僕のほうへと頭の先をむける。

そして僕はトラのほうを見ながら、ゆっくりとうしろへさがっていく。

僕がさがっていくのにあわせて、トラもゆっくりと僕のほうへと近づいてきた。

さっきよりも、距離が近い。

2メートルか3メートルか、それぐらいしか僕とトラとの距離はない。

それでもなんとか、トラの意識をこちらにむけることはできた。

グルルルル

僕のほうへと近づいてきながら、トラが喉を鳴らす。

怒っているのか、興奮しているのか、それともただうなっているだけなのか。

どれにしたって、危険がなくなったわけじゃない。


どうすればいいか？

僕は考える。


だけどここまで近づかれたら、逃げることなんてできない。

僕ができることといえば、このままトラが僕達に興味を失って、どこかへ去っていくのをいのることだけだ。

だから僕は、これ以上トラを刺激しないようにとライトを消した。

それがいいのかどうかはわからないけど、なにかできないかと考えた結果がこれだった。

ライトを消した瞬間、一気にまわりが暗くなる。

遠くのほうでユウ君達のライトがついていたけど、僕がライトを消したのを見て、ユウ君達もライトを消した。

完全な闇になった。

目をあけても閉じてもなにも変わらない、それぐらい深い闇だ。

あとはこのまま、トラがどこかに行くのを待って——と、思ったとき、前方から、としゃ、という小さな音が聞こえた。

なにも見えないから、たしかなことは言えないけど、おそらくトラが歩いた音だろう。

トラを刺激しないように僕はライトを消したわけだけど、なにも見えなくなった分、こわさが増している。

そして、なにかやわらかいものが僕の胸に押しつけられた。

トラの頭か、それとも体か、おそらくはそういうものだろう。

ゴフッ
ゴフッ
と、トラの息づかいが耳もとから聞こえてくる。

さけびたい気持ちを、ぐっとこらえる。
逃げだしたい気持ちを、ぐっとおさえる。
歯がガチガチとふるえる。
心臓がバクバクと鳴りひびく。
ほおがぬれていた。
泣いているんじゃない。トラが僕の顔をなめてきたからだ。
これ以上は――と、僕は思う。
これ以上はたえられない。
体じゃなくて、心がたえられない。
そう思ったときだった。
ピッピッ
と、音が聞こえた。
その音が聞こえた瞬間、トラがふっと僕の体からはなれていく。
僕は最初、それがなんの音なのかわからなかった。

しばらくすると、もういちどピッピッという音が聞こえる。

そこにきてようやく、それはツバサ君の笛の音だということに気がついた。

としゃ、としゃ、というトラの歩く音が、出口のほうへとむかっていくのが聞こえる。

助かった？　と僕は思う。

いや、もちろんなにも知らずに笛を吹いているツバサ君が心配ではあるけれど、目の前の危険はなくなった。

このままトラが、洞くつの外にでたら、ツバサ君はどうなるか？

でも少し考えてみると、その心配はあまりいらないように僕には思えた。

僕達の場合、トラとばったり会ってしまったから逃げることはできなかったけど、ツバサ君の場合は洞くつからでてこようとするトラを遠くから見ることができる。

そうすれば、逃げる時間はちゃんとあるはずだ。

そのとき、出口とは反対のほうで、かすかな明かりがついたのが見えた。

おそらく、ユウ君かゲンキ君がタブレットを表示させたんだろう。

タブレットを表示させたあとでも、トラの足音は出口のほうへとむかっている。

僕はそのタブレットの光をたよりに、ゆっくりとユウ君達のほうへともどっていった。

ライトをつけなかったから、けっこう時間がかかったけど、それでもなんとかユウ君達のもとへとたどり着くことができた。

「あ、リク君。だいじょうぶだった？」

僕が近づいていくと、暗闇のなかにいたユウ君が僕に話しかけてくる。

そのユウ君の声を聞いて、僕はどこか様子がおかしいということに気づいた。

正直、いまのユウ君がまともだとは言えないけど、それよりおかしいと思ったのはゲンキ君の様子だ。

ゲンキ君はユウ君にひざまくらをされた状態で、ピクリとも動いていない。

「僕はだいじょうぶだけど……ゲンキ君は、どうしたの？」

「うん？　ゲンキ君なら僕を助けてくれたあとで、動かなくなっちゃった」

ゾクリとするようなことを、ユウ君は平然と言った。

「動かなくなったって……」

「ああ、でもだいじょうぶだよ。息はしてるし、助けも呼んだからさ」

「助け？」

「うん」

と言って、ユウ君はゲンキ君のタブレットを指さした。

だけどそのタブレットには僕の知るかぎり、そういう機能はついていない。

「どうやって助けを呼んだの？」

「助けてって言ったんだよ。ゲンキ君が気を失ったから、助けてくださいって」

「それで、どうやって助けてもらうのさ？」

「あれ？　もしかしてリク君気づいてない？　ミスターLってこのタブレットから僕達の会話をぜんぶ聞いてるんだよ」

そう言われて、僕は「あ」と声をあげた。

もちろん、ミスターLが僕達の様子を観察していることはなんとなく気づいていたけれど、それを逆手にとって救助を呼ぶなんて考えてもみなかった。

たしかにミスターLだって、ゲンキ君がこのまま死んでしまうのはさけたいはずだ。

そう考えると、ひとまずゲンキ君のことは安心してもいいのかもしれない。

だけど、安心する一方で少し気になることがあった。

「……なんで、そんなにうれしそうなの？」

それは、ユウ君の態度が、どこかうれしそうだったことだ。

ゲンキ君のための救助を呼んで、安心したっていうのはあるかもしれないけど、それにしてもユウ君はうれしそうだ。

どちらかというと、ゲンキ君がケガをしたことについて喜んでいるような、そんな気さえしてくる。

「だって、ゲンキ君は僕を助けてくれたんだよ。うれしくないわけないじゃない」

そう言ってユウ君は、まるで母親が自分の子供にそうするように、ゲンキ君の頭をやさしくなでた。

「ねえゲンキ君。ゲンキ君は、僕の友達だよね？」

その言葉を聞いて、僕は頭のなかがカッと熱くなった。

友達だったら、どうしてゲンキ君のことを心配しないのか。

友達だったら、どうしてそんなに笑っていられるのか。

自分のことしか見ていないからだ。

こんな状況であっても、ユウ君は自分のことしか見ていない。

そんなものが、本当の友達のはずがない。

だけど、

「——っ」

けっきょく僕は、それを言うことができなかった。

暗闇のなかでゲンキ君の頭をなでるユウ君が、泣いているように見えたからだ。

はっきりと見えたわけじゃない。

いまある明かりは、タブレットの光だけだから、はっきりと見えたわけじゃない。

「……ねえ、ユウ君」

ふるえる声で、僕はユウ君に声をかける。

その声を聞いてユウ君は、ゆっくりとこっちをむいた——気がした。

「学校での話、聞かせてよ」

その僕の言葉を聞いて、ユウ君がどんな表情をうかべたのかはわからない。

まゆをひそめたか、困惑したか、それとも笑ったか。

あるいはそのすべての表情を、ユウ君はうかべたのかもしれない。

僕としても、いまこのタイミングでそんな質問をしていいのかはわからなかった。

ただ僕は、いましかないと思った。


『早乙女ユウを無視する遊び』


そういう遊びがはやっているんだと、ユウ君は言っていた。

いまその話を聞いておかないと、きっと僕はユウ君のことをずっとわからないままでいることになる。

「いいよ、だってリク君も僕の友達だからね」

洞くつのなかに、ユウ君の声が静かにひろがっていく。

幽霊のような声だ。

人形のような声だ。

「昔じゃないけどあるところに、早乙女ユウという男の子がおりました」
そしてユウ君は、まるで昔話をするように、その話を始めたんだ。

*

昔じゃないけどあるところに、早乙女ユウという男の子がおりました。
男の子は小さいころからうまく友達がつくれず、いつも一人ぼっちでした。
ある日、男の子は家庭の事情で、遠くの学校へと転校することになりました。
『あたらしい学校だったら、友達ができるかもしれない』
男の子のなかには、そういう期待がありました。
ですがその反面、
『あたらしい学校で、うまくやっていけるのだろうか？』
そういう不安も同じようにありました。
そんな思いを胸に、男の子はあたらしい学校へと転校していきました。

そして、あたらしい学校で自己紹介を終えたあと、男の子が自分のつくえで座っていると、一人の生徒が話しかけてきました。

「おう、おまえユウっていうのか。よろしくな」

その一言を皮切りに、クラスのみんなが男の子のまわりに集まってきます。

「ユウ君って、どんなテレビ見てるの？」

「前の学校ってどんな感じだったの？」

男の子はあまり人と話すのが得意ではありませんでしたが、がんばってみんなの質問に答えていきます。

そして、次の日も、その次の日も、男の子のところへ生徒達が集まってきました。

「昨日のテレビ見たか？」

「昼休みに鬼ごっこやろうぜ」

「明日の宿題、見せてくんね？」

男の子は幸せでした。

この学校にくるまで、男の子は不安でいっぱいでしたが、その心配はいりませんでした。

あたらしいクラスのみんなは、転校してきた男の子のことをこころよく受けいれてくれたのです。

ですが、転校してから数日がたち、男の子のまわりに集まる生徒の数がぽつりぽつりと減っていきました。

転校したてのころは、ものめずらしさで生徒達が集まっていたのですが、しだいに男の子がいることにクラスのみんながなれていったのです。

そしていつの日からか、男の子のまわりには生徒が集まらなくなりました。

しかし、男の子は自分から動こうとはしませんでした。

もともと口下手だった男の子は、友達となにを話せばいいのかわからなかったのです。

ですが、それから一週間がたち、このままではいけない、と男の子は思います。

そこで男の子は、勇気をだして友達の一人に話しかけることにしました。

その友達は転校したてのころ、男の子に最初に話しかけてきてくれた子で、クラスの人気者でした。

ですが男の子が話しかけても、その子はなにも答えてくれません。

ちらっと男の子のことを見たあとで、すぐに他の友達との会話にもどってしまいます。

今日は機嫌が悪かったんだろうか？

話しかけるタイミングが悪かったんだろうか？

そう思って、ちがう友達に話しかけてみますが、だれも相手にしてくれません。

それからまた、一週間がたちました。

その日、男の子は掃除が終わったあとで、ゴミすてに行きました。

明日こそは、ちゃんとみんなと話してみよう。

明日こそは、みんなの輪のなかにはいれるように努力してみよう。

だってせっかく、僕達は友達になれたんだから。

そんなことを考えながら、男の子がゴミすてからもどってくると、教室のなかからなにやら話し声が聞こえてきました。

「つーか、いつまでつづけんの？　あの遊び」

それは、男の子が友達だと思っている生徒達の声でした。

いったいなんの話をしているんだろう？　と男の子はろうかで耳をそばだてます。

「ああ、ユウを無視するってやつ？」

「実際、そんなにおもしろくもなかったよな」

「クラスのやつらにも協力してもらってたけど、なんかそこそこって感じ」

どうやら教室のなかでは、最近クラスのあいだではやっていた遊びについて話しているようでした。

その話を聞いて、ああそうか、と男の子は思いました。

あれは遊びだったのか、と男の子は思いました。

男の子が無視されたのは、そういう遊びだったからです。

他の生徒が男の子に話しかけてこないのは、そういう遊びだったからです。

そして、どうやら生徒達は、その遊びにあきはじめているようでした。

それを聞いたとき、男の子はうれしく思いました。

自分が無視されていたことより、明日からちゃんとみんなと話せるようになるのが、男の子にとってはうれしかったのです。

ですが――

「でも、別にやめる必要もないんじゃね？」

生徒の一人が、そんなことを言いました。

「だってあいつ、どうせなにもしゃべんないじゃん」

それにつづくように、他の生徒も言葉をつづけます。

「なに考えてるのかわかんないから、話してるとつかれるんだよな」

「わかるわかる。なんか人形みたいだし」

「じゃあ、とりあえずこのままつづけるってことで、けってーい！」

それを聞いた男の子は、ただただそこに立ちすくんでおりました。

怒るわけでもなく、悲しむわけでもなく、ただただそこに立ちすくんでおりました。

怒るといっても、だれに怒ればいいのでしょう？

悲しむといっても、だれに泣きつけばいいのでしょう？

そうです、男の子はクラスのみんなを友達と思っておりましたが、クラスのみんなはだれも男の子のことを友達だと思っていなかったのです。

そうして、男の子はもういちど、一人ぼっちになったのでした。

＊

暗闇のなかでユウ君は、たんたんとその話を聞かせてくれた。

「でもね、別にクラスのみんなは悪くないんだよ」

少しの静寂。そしてそのあと、ユウ君はどこか照れくさそうに口をひらく。

「クラスのみんなにだって、だれと友達になるのかをきめる権利はあるしさ。そのなかで僕と友達になろうって子はいなかっただけなんだ。だから、僕が悪いんだよ。けっきょく、僕がなにも話さないで、人形みたいにしてたのが悪いんだ」

ユウ君の言葉を聞いて、僕はちがうと言ってやりたかった。

たしかに以前のユウ君は、あんまり自分の感情を表にださなかった。

なにを考えているのかわからないし、人形みたいだっていうのもなんとなくわかる。

だけど、それとこれとは話がちがう。

人形みたいだから、無視されたんじゃない。

無視されたから、人形になるしかなかったんだ。

なにを言っても、ひとりごとになるなら、
なにをやっても、だれも見てくれないのなら、
人形になるしかないじゃないか。

「でも、僕はそれでよかったって思ってるんだ」

その言葉を聞いて、僕は眉間にしわをよせる。

ユウ君の表情はわからなかったけど、笑っているんだろうなっていうのは伝わってきた。

「だって、だって、だから僕はラストサバイバルに参加して、みんなに会えたんだもん」

楽しそうな声で、ユウ君は言った。

うれしそうな声で、ユウ君は言った。

そしてユウ君は、その確認をするように、僕のほうへと質問をする。

「ねえリク君。僕達、友達だよね？」

その言葉に、僕はなにも答えられなかった。

もし僕がここで「友達だ」と言ったら、ユウ君はどこまでも暴走してしまう。

じゃあ「友達じゃない」と言ったらどうなるか？
いまゲンキ君は、ユウ君を助けて意識を失っている。
そしてそのことについて、ユウ君は『これが友達なんだ』って喜んでいる。
でも『そんなのは、本当の友達じゃない』って、いまここで言ったらどうなるのか？
それを言ったら、ユウ君の心は――こわれてしまう。
泣くか、怒るか、それとも延々と笑いつづけるか。
友達がほしくてほしくて、やっと見つけた友達に『友達じゃない』って言われたら――
「ねえリク君。僕達、友達だよね」
暗闇のなかで、もういちどユウ君が僕の名前を呼ぶ。
このまま無言でいることを、ユウ君は許してくれない。
どうすればいいのか？
なんて答えればいいのか？
「――」
それがわからないまま、僕が口をひらこうとしたときだった。

「さあ、みんな！　私がきたからにはもう安心だ！　お呼びとあらば即参上！　ミスターLがやってきたよ！」


とつぜん、出口のほうから大量の明かりが運ばれてきて、ミスターLがあらわれた。

あれだけ暗かった洞くつのなかが、一瞬にして照らされていく。

「リク！　ユウ！　無事だったか！」

そして、ツバサ君がミスターLのうしろから、僕達のほうへとかけよってくる。

と同時に、ピクリとも動かないゲンキ君を見て、ツバサ君はより大きな声をあげた。

「ゲンキ！」

ツバサ君がさけんだとき、うしろからついてきていたミスターLが、ぽん、とツバサ君の肩に手を置いた。

「だいじょうぶ、心配はいらないよ。ゲンキ君は私が責任を持って保護しよう」

その後、ミスターLがつれてきたスタッフによって、ゲンキ君はすぐに運ばれていった。

ひとまずこれで、ゲンキ君のことは心配ない――と思ったときだった。

「おいリク！　ユウ！　いったいなにがあったんだよ！　おまえらから返信がないと思ったら、洞くつのなかから白いトラがでてきやがるし、なんとかやり過ごそうと思ったらミスターLがきやがるし、なかにはいってみりゃ今度はゲンキがぶったおれてやがる。ひょっとして、ゲンキはあのトラにやられたのか!?」

事情を知らないツバサ君が、どとうのいきおいでそう聞いてきた。

だけど僕も、ツバサ君の言葉を聞いて、あのトラのことを思いだす。

そういえば、あのトラはどこに行ったんだろう？

と、僕がそう思っていると、ミスターLが口をひらいた。

「ああ、それはちがうよ。ゲンキ君は私のペットにやられたわけじゃない。私のペットからユウ君をかばったときに、地面に頭をぶつけてしまったんだ」

「……ペット？」

「そう、かわいいかわいい私のペットだ。ちょっと待ってね、いま呼ぶから」

と言って、ミスターLは自分の指を使って、指笛を吹く。

しばらくすると、洞くつの出口のほうから、のそのそとあのトラが姿をあらわした。

トラはミスターＬのとなりに座ったあとで、大きなあくびをひとつする。

「もちろん、この子は私の指示なしではぜったいに人にかみついたりはしないんだけど、さびしがり屋なところがあってね。この子はただ、君達と遊ぼうとしただけなんだよ。それでゲンキ君がケガをしちゃったのは、反省しなくちゃいけないけどね」

そして、ミスターＬはトラの頭をなでながらそう言った。

考えてみればこんなところに野生の白いトラなんているはずがないから、ミスターＬが用意したものだっていうのはそのとおりなんだろう。

ただ、だからといって、さっきまでの恐怖がやわらぐわけじゃない。

「ちょっとしたトラブルはあったけど、ここにあった宝のヒントは見つかったようだね。その調子で、どんどん宝のヒントを集めるといい。でも、優勝するのは『最初に宝を手にした参加者』だから、まちがえないようにね」

そう言って、ミスターＬはにこやかな笑みをうかべた。

その視線は僕と、そのとなりにいるユウ君にむけられている。

僕はその笑顔をむけられて、顔をしかめるだけだったけれど、ユウ君はその笑顔にこたえるように、満面の笑みをうかべていた。

『ねえリク君。僕達、友達だよね？』

……けっきょく僕は、ユウ君の問いかけに答えることができなかった。

でも、いつかはきちんと答えなくちゃいけないことだ。

そのいつかが、いったいいつになるのかはわからないけど、そのときまでに答えを見つけておかないといけない。

おそらくそれが、ユウ君の心をひらくための一歩になるはずだから。

そうして、僕達はその洞くつから脱出し、サバイバルトレジャーの一日目が終了したんだ。

3

〈妖精達のいるところ〉

▸ 現在のリクの位置 ◂

サバイバルトレジャー二日目、僕達は島の西側にある妖精の湖をたんさくしていた。

いまここにいるメンバーは、僕、ツバサ君、朱堂さんの三人だ。

昨日、ゲンキ君が頭を打って動けなくなってしまったので、その代わりに朱堂さんが僕達のグループにはいることになった。

本当だったら、ここにユウ君もはいるはずなんだけど、ユウ君はいまここにいない。

ユウ君はいま、ゲンキ君のおみまいをしている最中だ。

「ゲンキ君のことは僕にまかせて、みんなは楽しんできてよ」

それが今朝、ユウ君から言われた言葉だった。

どうやらゲンキ君は、昨日頭を打ってから、まだ目を覚ましていないらしい。

僕としてもゲンキ君のことは心配だったけど、おみまいに行ったところでゲンキ君の状況がよくなるわけではない。

だから僕達は一日でも早く家に帰れるように、宝さがしをつづけることにしたんだ。

「二人とも、池と湖のちがいってなんだかわかる？」

妖精の湖のまわりをたんさくしている最中、朱堂さんが僕達に話しかけてきた。

「池のほうが小さくて、湖のほうが大きいとか、そういうやつじゃねえのか？」

ツバサ君がそう答えながら、妖精の湖のほうに視線をうつす。

妖精の湖は、山のなかのひらけたところにある湖だ。

湖のほうが大きい、とツバサ君が言ったけど、たしかにそういう意味でいうと、妖精の湖は池というよりも湖と呼びたくなるような大きさだ。

さすがにむこう岸が見えないぐらい大きいわけじゃないけど、泳いでわたったりするのはたぶん無理だと思う。

「じゃあ、どれぐらいの大きさから湖になると思う？」

「あん？　どれぐらいっていったら……直径100メートルぐらいか？」

と、ツバサ君は言ったけれど、別に本気になって答えたわけじゃないだろう。

答えがわからないから、とりあえずあてずっぽうで答えてみた感じだ。

「正解は、ひろさじゃなくて『水深が5メートル以上のものを湖と呼ぶ』でした。まあ、それ以外にも『人工的につくられたものを池と呼ぶ』とか、いろんなわけ方はあるけどね」

そういう他愛のない話をしながら、僕達は湖のまわりを進んでいく。

ちゃんとした道があるわけじゃないから一見すると歩きづらそうな感じだけど、先頭の朱堂さんがきちんとルートを考えて進んでいるから、そこまで大変ではない。

歩きながら、朱堂さんはいろいろなことを僕達に教えてくれていた。

食べられる野草の種類、つかれにくい歩き方、時計と太陽から方角を求める方法。

だけど僕はそのとき、朱堂さんの話をあまり聞いていなかった。

歩きながら宝のヒントをさがすのにせいいっぱいで——っていうのもあるけど、それより僕には気になっていることがあったからだ。

「……ゲンキのことが心配？」

そのとき、とつぜん朱堂さんが僕のほうを見ながら、声をかけてきてくれた。

「あ、いや……そういうわけじゃ……」

「じゃあ、ユウのことかな？」

と言われて、僕は言葉につまってしまう。

でもそれだけで、じゅうぶん答えになったようだった。

「あは、あたった。それで？　ユウのことについて、なになやんでるの？」

「なやんでるってわけじゃないんだけど……」

このとき僕が考えていたのは、ユウ君にあの洞くつのなかで聞かれたことの答えだった。


『ねえリク君。僕達、友達だよね？』


その問いかけに、どう答えればよかったのか？

それがいまでも、頭のなかでうずまいている。

「別に、ユウのことなんざ、ほっときゃいいだろ」

すると、それを聞いていたツバサ君が、はきすてるようにそう言った。

「ゲンキがケガしたのだって、けっきょくユウのせいなんだろ？」

「いや、ゲンキ君はユウ君をかばおうとしただけだから、ユウ君のせいってわけじゃ……」

「どっちにしろ、俺はあいつが、まだ平然と友達面してるのが気にいらねえんだよ」

友達面、という言葉を聞いて、心臓のあたりがヒヤリと冷たくなる。

ツバサ君にとって、もうユウ君は友達じゃないんだろうか？

そう思いはしたけれど、実際にそれを聞く勇気は僕にはなかった。

他のみんなはどうだろう？

ゲンキ君だったら、胸をはって「友達だ」と言うはずだ。

じゃあ朱堂さんは？　ケンイチロウ君は？　ソウタ君は？　ヒナさんは？

考えたところで、答えはでない。

もしその答えが知りたかったら、面とむかって聞いてみるしかない。

でも、それでもし「友達じゃない」って言われたら――

そう思ったときだった。

山の上のほうから、**ピーピピッ**、という音が聞こえてきた。

鳥の鳴き声にも似たその音は、ケンイチロウ君達が吹いた笛の音だ。

いまケンイチロウ君達は、ここよりももっと上のほうにある龍殺しの急流の近くで宝のヒントをさがしている。

そして、この笛の音は宝のヒントを無事見つけた、という合図だ。

「あらら、先こされちゃったか」

と言いながら、朱堂さんも笛を吹いてそれにこたえる。

いちおう今回、先に宝のヒントを見つけたグループは、もう片方のグループに合流してたんさくを手伝うことになっている。

だからもうしばらくすれば、ケンイチロウ君達のグループがこの妖精の湖までおりてきてくれるはずだ。

ただ、僕としてはケンイチロウ君達がこっちにおりてくるまでに、ヒントを見つけたいとは思っている。

「さて、じゃあケンイチロウ達がくる前に、ヒントを見つけちゃいましょうか」

どうやら朱堂さんも、僕と同じ気持ちだったようだ。

そうして僕達は、たんさくをつづけるためにもういちど前をむきなおす。

そのとき前方から、なにかががさがさと近づいてくる音がした。

その音を聞いて、僕はおもわず身構えてしまう。

僕は昨日、洞くつのなかでトラに出会ったばかりなので、そういう音に敏感になっているっていうのもあるかもしれない。

だけど、僕達の前にあらわれたのはトラでもクマでもなく、一人の女の子だった。

「あらみなさん、こんにちは。こんなところで会うなんて奇遇ですね」

そして、僕達のほうを見てその女の子が笑う。

ゲンキ君のうかべる、ただただ明るい笑みとはちがう。

ユウ君のうかべる、どこかとりつかれたような笑みともちがう。

僕達を観察して、なにかをたくらんでいるような、そういう意地の悪い笑みをその女の子はうかべていた。

大場カレンさん、それが女の子の名前だ。

その姿に、ツバサ君が舌打ちをしながら顔をしかめる。

「そんなこわい顔しないでくださいな。ああ、すみません。もともとそういう顔でしたか？」

　カレンさんは、僕が最初にラストサバイバルに参加したときからいる知りあいの一人だけど、友達というわけではない。

　僕達のことをあざ笑って、見くだして、馬鹿にする。それがカレンさんだ。

　そして、よくも悪くもぜったいにそれがぶれることはない。

　相手によって態度を変えるとか、状況によって意見を変えるとか、そういうことをカレンさんはしない。

　だから僕はカレンさんのことが

苦手だけれど、そこまできらいっていうわけではない。

まあ、あくまでそれは『僕は』の話であって、ツバサ君は心の底からカレンさんのことをきらっているようだった。

「……うるせえな。さっさとどっかに行きやがれ」

「それが、人にものをたのむ態度ですか？　人になにかをたのむときは、もっと笑顔になったほうがいいですよ。あなたにはむずかしいかもしれませんが」

そう言いながら、カレンさんは指を使って自分のほおをぐいぐいとあげる。

だけどツバサ君はカレンさんのことを無視して、そのすぐ横を通りぬけようとした。

「ああ、わたくしのきた道に宝のヒントはありませんでしたよ」

「けっ、だれが信じるかよ！」

と、ツバサ君がどなりつけると、カレンさんはうれしそうに笑った。

その二人のやりとりを見て、朱堂さんがため息をつく。

「あー、ツバサ。ストップストップ。その言い方だと『私達も宝のヒントを見つけてない』って言ってるようなものだから」

そう言われて、ツバサ君は「あっ」という顔をした。

もし僕達がすでに宝のヒントを見つけていたら、カレンさんの言葉なんて軽く流していたはずだ。

「うるせえな」とか「そりゃどうも」とか、そういうことは言うかもしれないけど「信じるかよ」とは言わないだろう。

「あっはっは、あなたは本当にわかりやすくて助かりますね。そうですか、そうですか、あなた達のきた道に宝のヒントはありませんでしたか」

「見逃しただけかもしれねえだろ！」

「ツバサ君、それ、偉そうに言うことじゃないんだけど……」

そう僕が言っているとなりで、今度は朱堂さんがカレンさんに話しかける。

「それで？　本当にこの先には宝のヒントはないの？」

「ええ、少なくともわたくしのさがした範囲では見つかりませんでしたよ」

朱堂さんはしばらくカレンさんの顔を見たあとで、両肩を軽く上にあげた。

「ツバサ、もどってきな。たぶんそっち行っても意味ない」

「あら、ずいぶんとかんたんに信じますね」

「てゆーか、もしヒントを見つけてたら、あんたもここまでこないでしょ？」

どうしてそんなこと言えるんだろう？　と僕は首をかしげる。

だけど少し考えてみると、なんとなくその理由がわかってきた。

いま僕達は、湖の周囲のだいたい右半分をたんさくしてきた。

そしてカレンさんは、僕達とは反対まわりで湖をたんさくしてきている。

だからもし、カレンさんがその途中で宝のヒントを見つけていたんだとしたら、わざわざ僕達のほうへ歩いてこないで、自分が歩いてきた道をもどっていたはずなんだ。

にもかかわらず、ここまで歩いてきたってことは、カレンさんもまだ宝のヒントを見つけていないってことなんだろう。

「でもそうすっと、けっきょくヒントはどこにもねえってことになるじゃねえか」

「湖の底にしずめてあるとかだったらお手上げだね」

「じゃあどうすんだよ？」

「とりあえずケンイチロウ達がこっちにきてから考えるよ。まあ、ヒントをぜんぶ見つけなくちゃいけないわけじゃないしね」

朱堂さんの言うとおり、僕達がいまさがしているのはあくまで宝のヒントだから、ヒントがぜんぶ見つからなくても、宝さえ見つけられればそれでいいんだ。

「それじゃ、そういうわけだから」

そして朱堂さんは、カレンさんに対して手をふる。

「そういうわけだから……なんですか？　わたくしにいなくなってほしいと？」

「別にそこまでは言ってないけど……」

困ったように朱堂さんは頭をかいたけれど、どこかに行ってほしいっていうのはきっとそのとおりだ。

ツバサ君ほど表にでてはいないけれど、朱堂さんもカレンさんのことはあんまり好きじゃないんだろう。

「これ以上私達といっしょにいたら、夜になっちゃうかもしれないからさ」

朱堂さんはそう言ったけど、まだ暗くなるまでには時間がある。

とはいうものの、ここから町にもどることを考えると、そろそろたんさくをきりあげたほうがいいのかもしれない。

ただカレンさんは朱堂さんにそう言われても、立ち去ろうとはしなかった。

「ええ、夜になることぐらいでしたら、かまいませんよ。というより、あなたもそれを待っているんでしょう？」

「……」

カレンさんの言葉に、朱堂さんの表情が少しくもる。

どうして朱堂さんが、夜になるのを待っているのかはわからなかったけど、どちらにせよカレンさんはこのまま素直に町にもどるつもりはないらしい。

そうして僕達は、ケンイチロウ君達と合流するまで静かにそこで待っていたんだ。

＊

「うげ……なんであいつがこんなところにいるんだよ」

ケンイチロウ君達と合流したとき、ソウタ君がカレンさんのほうを見て、開口一番そんなことを言った。

ケンイチロウ君とヒナさんも、言葉にはださなかったものの、カレンさんがいることについて似たような反応をしめしている。

一方カレンさんは、やってきたケンイチロウ君達のグループを見て、なにかをさがすようにきょろきょろとしていた。

「あら、あの声が大きい彼と、お人形さんはいないんですか？」

カレンさんの言っている声が大きい彼、というのはゲンキ君のことで、お人形さん、というのはユウ君のことだろう。

「もしかして、お二人とケンカでもしましたか？　まあ、あなた方のことですから、いつかはやると思ってましたけど」

「おまえはだまってろ。別にそういうんじゃねえよ」

カレンさんの言葉に、いらだった口調でツバサ君が答える。

「では、どうしていないんです？　他のところをさがしているのですか？」

「どうしてそれをおまえに言わなくちゃなんねーんだ」

と言って、ツバサ君はカレンさんのことをにらみつけた。

そんなにきらいだったら、最初から無視すればいいのに……とは思うんだけど、ツバサ君はたぶんそういうことができないんだろう。

「たしかにそれもそうですね。じゃあこれ以上聞くのはやめておきましょう。それで、みなさんと合流したあとはなにをするんです？」

これからなにをするのか、とカレンさんは朱堂さんのほうを見た。

だけど朱堂さんはそれを言う前に、ケンイチロウ君達にざっくりといままでのことを説明する。

「……なるほど。ってことは、もう湖の右半分も左半分も、両方調べてあるってわけだ」

朱堂さんから事情を説明されたあと、ケンイチロウ君が湖を見ながらそう言った。

「ま、結果的にそうなるね」

「それで、カレンの言ってることは信用できるのか？」

「こんな時間になってもここにいるってことは、本当に見つけてないんでしょ」

「だから何回もそう言ってるじゃないですか」

会話を聞いている横で、カレンさんが口をはさむ。

「……カレンがヒントを見逃したって可能性は？」

「あるかもしれないけど、だったらたぶん私達が行っても見つけられない。かんたんに見つかる場所にあったら、この女が見つけてるだろうからね」

「おほめいただき光栄です」

ケンイチロウ君達の会話に、ちょくちょくカレンさんが反応するけど、相手にはされていないようだった。

ただカレンさんとしても、本気で話に割りこんでいくつもりはなさそうだ。

「それで、けっきょくどうするんだ？　湖のなかにヒントがあるならどうしようもないし。改めて湖のまわりをさがすにしても、もうすぐ夜になってしまうぞ」

「私としては、早く夜になってほしいんだけどね」

「どうしてだ？」

「んー、まだ確証はないからはっきりとは言いたくないんだけど……『妖精が見たいから』かな?」

「妖精?」

朱堂さんの言葉に、ケンイチロウ君達が不思議そうな表情をうかべる。

いちおう、目の前にひろがっているこの湖は妖精の湖っていう名前がついている。

でももちろん、妖精なんてこの世界にいるはずがない。

困惑する僕達を見ながら、カレンさんがケラケラと笑っていた。

でもその笑いは、朱堂さんを馬鹿にするような笑いじゃない。

どちらかというと、朱堂さんの言葉の意味をわかっていない僕達を馬鹿にするような、そういう笑い方だ。

「妖精の話はわからんが、とりあえずここで夜になるまで待つってことでいいのか?」

「そういうこと。ああでも、先に帰りたいなら帰っててもいいよ。ヒントが見つかったらちゃんと教えてあげるからさ」

「いや、さすがにここまできて、帰る気はないぞ」

そう言いながら、ケンイチロウ君は近くにある手ごろな倒木に腰をおろした。

それにあわせて僕達も思い思いの場所へと腰をおろしていく。

「それで、夜になるまではどうする？　10秒しりとりでもするか？」

「なんだよ10秒しりとりって？」

「制限時間が10秒のしりとりだ。ちなみに俺のクラスでは、より時間を短くした3秒しりとりがはやってるぞ」

「知らねーよ。つーかすげえなケンイチロウのクラス、3秒って……」

みんなが座ったあとで、ケンイチロウ君とソウタ君がそんなことを話しはじめる。

それを聞きながら僕は、ふとユウ君のクラスではやっている遊びを思いだしていた。


『早乙女ユウを無視する遊び』

考えてみればそれがあったから、ユウ君はここまで暴走してしまったんだろう。

一人になるのがこわくて、無視されるのがこわくて、必要以上に僕達と友達でいようとする。

『ねえリク君。僕達、友達だよね？』


またあの質問が、頭のなかでくりかえされる。

何回くりかえされたところで、答えらしい答えはでてこない。

「そういえばリクさんは、なにをそんなになやんでいるのですか？」

と、そのとき、不意にカレンさんが声をかけてきた。

「おいおまえ。なに言ってんだ？」

カレンさんの言葉を聞いて、ツバサ君が反応する。

ここまでくるともう、ツバサ君はカレンさんがなにかを話すだけでもいやなのだろう。

けれどカレンさんは特に気にする様子もなく、平然と言葉をつづけた。

「いえ、なにやらリクさんが深刻そうな顔でなやんでいるものですから、そのなやみをぜひ聞いてみたいなと思いまして」

なやみ、と聞いて、朱堂さんの表情が少し真剣なものに変わった。

「リク、やっぱりユウのことで……」

そういえば朱堂さんには、そのことを心配されてたな、と僕は思う。

「だから、あいつのことなんか考えることねえだろ！」

その直後、ツバサ君がどなるような声で言った。

カレンさんのせいで気がたっている、っていうのはわかるんだけど、その言葉を聞いて僕はちょっとムッとする。

「ツバサ君、そんな言い方しなくたっていいでしょ」

「考えるだけむだだって言ってんだ。あいつがゲンキのヤロウに友達だって言われて勘ちがいしてんのはかってだけどよ」

「ちょっと待ってよ。勘ちがいってどういう意味？」

その瞬間、まわりの空気がはりつめたものに変わった。

正直僕もそれを言って、しまった、と思う。

でも、ここまできたら、その質問をとり消すわけにはいかない。

「……俺は、あいつのことをもう友達だとは思ってねえって意味だよ」

そしてツバサ君は、僕のことをにらみつけながら言った。

それが冗談じゃないっていうのはさすがにわかった。

なんとなく気づいていたけれど、こうして言葉にだされるとその重みがぜんぜんちがう。

「でも、ユウ君にも、理由が……」

「なんだよ、その理由って？」

そう言われて、僕は言葉をつまらせる。

もちろん、僕が知っている理由は、ユウ君のクラスではやっている『遊び』のことだ。

「ねえリク。よかったらその理由、話してくれないかな？」

そのとき、朱堂さんがやさしそうな笑みをうかべながら、僕に声をかけてきた。

それだけでまわりの空気が、少しやわらかくなったような気がする。

「私達も、リクがユウのことでなにをなやんでいるのか知りたいんだ」

そう言いながら、朱堂さんは少しだけ視線を横にずらす。

視線の先ではケンイチロウ君やソウタ君達が、僕のほうをじっと見ていた。

その表情は、真剣そのものだ。

おそらくケンイチロウ君達も、ユウ君がなぜ僕達を島にとじこめたのか、その理由を知りたがっているんだろう。

「うん、わかったよ朱堂さん……えっと、じゃあどこから話せばいいかな……」

そうして僕はゆっくりと、ユウ君の過去を話しはじめる。

ユウ君が転校したこと。

転校した先で、例の『遊び』がはやったこと。

それをユウ君は自分のせいだと思っていること。

そして、そういう理由があったからこそ、ユウ君は友達というものに異常なまでのあこがれを持っているということ。

僕が話しているあいだ、みんなはなにも言わずに最後まで聞いてくれていた。

「なるほど、そういう理由があったんだな……」

僕の話が終わったあと、最初に口をひらいたのはケンイチロウ君だった。

「クラスのみんなから無視されるのって……ふつうじゃ、ない、よね？」

「つーか、どう考えても遊びじゃねえだろ、それ」

ケンイチロウ君につづいて、ヒナさんとソウタ君もそうつぶやく。

これで、ユウ君のことを許せるかは別にして、少なくともユウ君の事情はわかってもらえたらしい。

「それで、どう……すればいいのかな？」

ここで僕が言った「どうするか」とは、もちろんユウ君との関係をだ。

このままユウ君と友達でいつづけるのか。

それとも、こんなのは本当の友達じゃないと言いはなつのか。

どっちにしたって、ユウ君はまともでいられなくなるだろう。

しばらくのあいだ、無言がつづいた。

草木がゆれるかさかさという音も、聞くことができるぐらいに静かだった。

その静けさのなか、小さな「くすくす」という笑い声が聞こえてきた。

空耳とも思えるようなその笑い声は、いつしかはっきりとした声となって森のなかへとひびきわたっていく。

「あは、あは、あはははは！　あのお人形さんをどうすればいいのかなんて、そんなくだらないことでなやんでいたんですか？」

笑っているのは、もちろんカレンさんだった。

ただ、このことについては僕も予想はできていた。

カレンさんはある意味、僕達の外にいる人間だ。

だからこそ、一番客観的に僕達のことを見わたせる人物でもある。

「じゃあ、カレンさんはどうしたらいいと思うの？」

僕が怒らなかったことが意外だったのか、カレンさんは一瞬目をぱちくりとさせた。

そのあとで、軽く僕のほうへ身をのりだし、いつもの笑みをうかべる。

人を穴のなかへとつき落とすような、そういうたくらみをふくんだ笑顔だ。

「そんなのはかんたんです。『だからおまえには友達ができないんだ』と、はっきりそう言ってやればいいんですよ」

「でも、そんなこと言ったら――」

『ユウ君がこわれるかもしれないじゃないか』

そう僕は言いかえそうと思った。

けど――

「こわしなさいな」

僕が言いかえす前に、カレンさんは答えていた。

こわせ、とカレンさんは言った。

なにをこわすのか。

もちろんそれは、ユウ君の心を、だ。

「こわしなさい」

僕がなにも言わないのを見て、カレンさんは釘をさすように、もういちど言った。

「友達だったら、えんりょなく、こわしてあげなさい」


それ以上の答えはないと、その声が語っている。

「でも」も「だって」も必要ないのだと、くりかえした言葉が語っている。

その言葉の迫力に、僕はおもわず息をのんだ。

「無責任なこと言ってんじゃねえ！」

その直後、ツバサ君がさけんでいた。

だけどカレンさんはそれを聞いて、わざとらしく首を横にかたむける。

「無責任？　ではあなた方は無責任ではないとでも？」

「なに!?」

「わたくし達をこの島にとじこめた時点で、あのお人形さんがまともじゃないのはわかりますよね？　でしたら被害がこれ以上ひろがる前に、こわしてしまったほうがいいんじゃないですか？」

「ユウは人形じゃねえぞ！」

「では、あなたはいままで、あの子となにを話しましたか？」

カレンさんの問いかけに、ツバサ君が言葉をつまらせる。

「おおかた、なにも話していないんでしょう？　話す価値もないと思ってるんでしょう？」

「……っ」

「どうしてあの子と話さないんです？　仲間はずれにするんです？　あの子がただの人形じゃないと言うのなら、どうしてあなた達は正面からむきあおうとしないんですか？」

いつのまにか、お人形さん、という呼び方が、あの子、という呼び方に変わっている。

それはもちろん、ツバサ君の心をゆさぶるためだ。

「ようするにあなた方は、傷つきたくないだけでしょう？　あの子のことを考えているようで、けっきょく自分のことしか考えてないんですから」

カレンさんの言っていることは、はっきり言ってむちゃくちゃだ。

ユウ君の心をこわせ、と言っている一方で、ユウ君のことをもっと考えろ、とも言っている。


でもそれはたぶん、正反対のことじゃない。


「ああ、でもあなたは、あの子とはもう友達じゃなかったんでしたね。賢い選択だと思いますよ。友達の縁を切ってしまえば、あの子がなにをしても、あなたに責任はないわけですし……無責任なのはどちらかという話ですが」

僕がそう考えているあいだも、カレンさんはツバサ君のことを挑発しつづけていた。

ツバサ君は、なにも言いかえすことができずに、ただギリギリと奥歯をかみしめている。

でも僕はそのツバサ君の様子を見て、ちょっと安心してたりもした。

ユウ君なんか友達じゃない、と言ったわりに、最初にユウ君の心配をしてくれたのはツバサ君だったからだ。

「言いたいことは、それでぜんぶ？」

すると、いまにも爆発しそうなツバサ君の代わりに、朱堂さんがそう言った。

「いえ、まだ半分ぐらいといったところですが……今回はこのぐらいにしておきましょう。次回があるとは思えませんが」

カレンさんも、そろそろ潮時と判断したのか、思いのほかあっさりと話をきりあげた。

「ま、貴重な意見を聞かせてくれたことには感謝するよ。私やツバサだったら、そこまで無神経にはふみこめないからね」

「……それって、ほめてます？」

「もちろんほめてるよ。でもこれ以上あんたの声は聞きたくないから、だまっててほしいかな」

朱堂さんにそう言われて、カレンさんは降参するように両手をあげる。

そうして話が一段落したとき、あたりは完全に夜になっていた。

夜の森って聞くと、もっと暗いものだと思っていたんだけど、月明かりが湖に反射しているおかげで、想像よりもずっと明るかったりする。

光が反射するその光景は、なんというか幻想的だ。

これなら本当に、朱堂さんが言ったみたいに、妖精がでてきてもおかしくはない。

そんなことを思ったときだった。

「ひゃ！」

とつぜんヒナさんが、なにかにおどろいたような悲鳴をあげた。

「い、いま……私の前に……なにか……」

ふるえるヒナさんの声を聞いて、朱堂さんがうれしそうにつぶやく。

「お、そろそろきたかな？」

いったいなにがきたんだろう？　と僕が思った瞬間、小さな光が僕の目の前を横ぎっていくのが見えた。

その光をあわてて目で追うと、その先でもいくつかの光が点々とうかんでいた。

ひとつやふたつじゃない、10や20といった光のつぶが、次々と暗がりのなかからあらわ

れてくる。

妖精!?

と僕はその光を見て思う。

でも、それはもちろん妖精じゃなかった。

目の前にあらわれた光のつぶは、数えきれないほどの蛍の群れだった。

そのとき僕は生まれて初めて、その光の束に圧倒された。

たとえば打ちあげ花火をまぢかで見て、すごい、と思ったことは

ある。
たとえば夜空にきらめく流れ星を見て、きれいだ、と思ったことはある。
でも、いま僕のなかにある感動はそれ以上だった。
まるで、宇宙のなかにほうりだされたみたいだ。
無数の光が宙を舞い、無数の光が僕達を包む。
どれぐらいのあいだ、そうしていただろう？
10分か、20分か、それよりもっと長い時間か。

「ん？　おいおまえら、なんかあそこだけ異様に蛍が集まってねえか？」

僕が蛍の群れに圧倒されていると、ソウタ君が湖の反対側を指さした。

その方向を見てみると、たしかに一か所だけ、異様に蛍が集まっている場所がある。

これほど遠くから見てもわかるんだから、近くに行ったらもっとすごいことになってるだろう。

「いいね、いいね。ねらいどおりってやつだ」

その蛍の集まっている場所を見て、朱堂さんの声がはずむ。

「ひょっとして、あそこに宝のヒントがあるとか？」

「まあ、土のなかにうめられているとか、ふつうにさがしても見つからない感じになってるとは思うけどどね」

「……そういうことならさっさと行くとすっか」

そう言って、ツバサ君がライトをつけて、蛍が集まっている場所へと移動を始めた。

声に力がないのは、おそらくカレンさんに言われたことが心に残ってるからだろう。

でも、ツバサ君には悪いかもしれないけど、僕は今回、カレンさんの話を聞けてよかったと思っている。

『友達だったら、えんりょなく、こわしてあげなさい』


その言葉を聞いて、僕はひとつ気づいたことがあった。

僕はいままで、ユウ君をどうすればいいのかっていう答えをさがしていたけれど、それはまちがっていた。

答えは必要ないんだ。

必要なのは答えじゃない。

『友達だ』と言うにしても『友達じゃない』と言うにしても、その答えに正解はない。

必要なのは覚悟だ。

ユウ君のすべてを受け止める覚悟があるか？

ユウ君の心をこわす覚悟があるか？

重要なのはただそれだけだ。

その覚悟さえあれば、迷う必要はどこにもない。

『ねえリク君。僕達、友達だよね？』

その質問に対する覚悟が、いま僕のなかではっきりと固まった。

あとはそれを、ユウ君にぶつけてやるだけだ。

そうして僕達は蛍の集まっている場所へ行き、無事、宝のヒントを手にいれることができたんだ。

4

〈洞くつのなかの死闘〉

▶ 現在のリクの位置 ◀

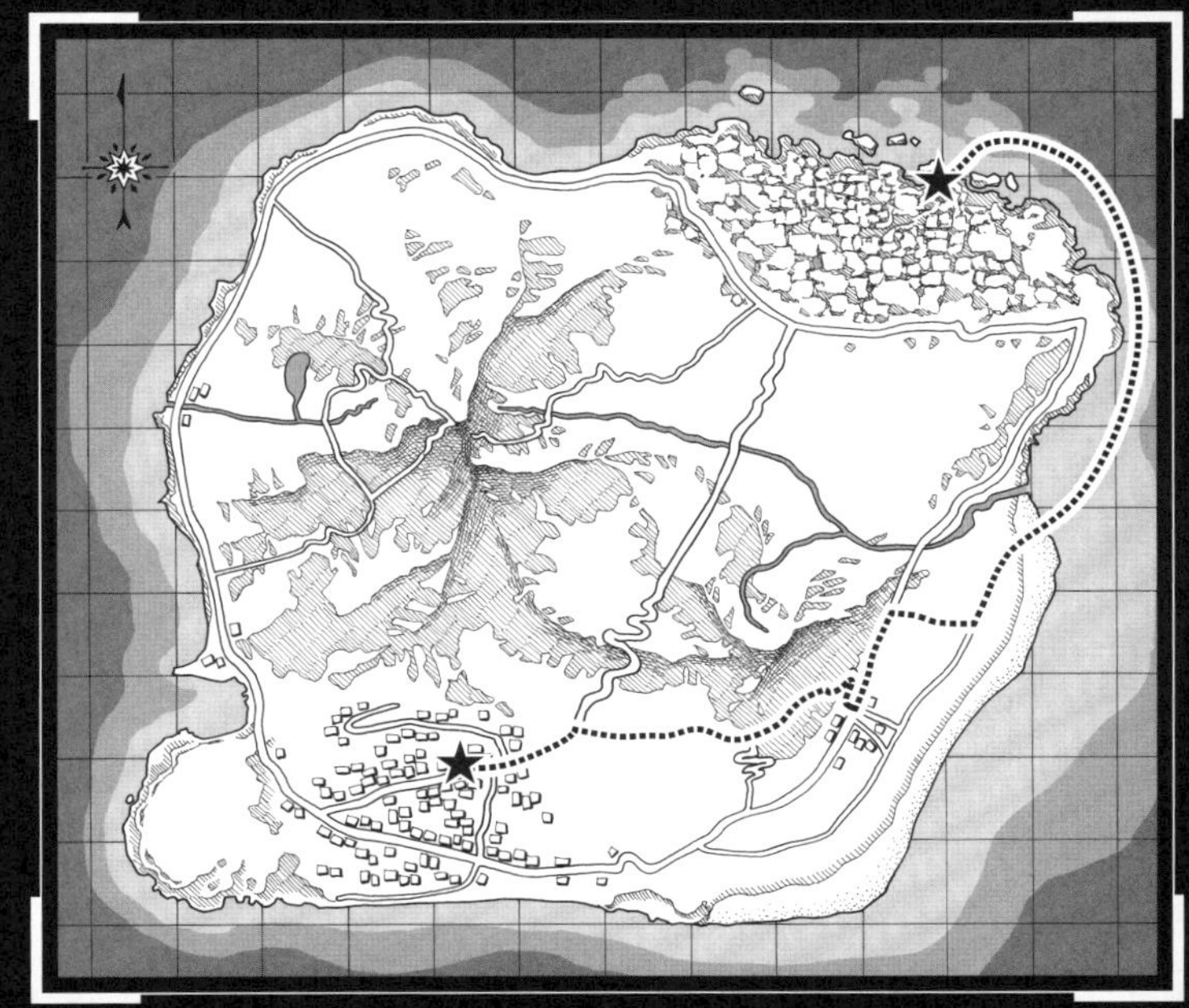

二日目の夜、僕達は妖精の湖から帰ってきたあとで、作戦会議をひらいていた。

いちおう昨日と今日とで、僕達は７つあるヒントのうち、５つのヒントを見つけている。

そして、いまの段階でみんなが見つけたヒントをまとめると次のような感じになる。


「おにがくれ　しおの○♪○き　そのおく♪」


最初の意味がわからない記号の塊からは、かなり進歩していると言っていい。

まだ二か所、ヒントを見つけてない部分はあるけど、ぜんぶのヒントを見つけなくちゃいけないルールはどこにもない。

「最初の部分に書いてある『おにがくれ』っていうのは、この地図にある鬼がくれの岩場のことか？」

暗号の文章を見ながら、ケンイチロウ君がつぶやくように言った。

「っていうことは、この鬼がくれの岩場には、ヒントと宝の2つがかくされているってことなのかな？」

ケンイチロウ君の言葉を聞いて、ヒナさんが首をかしげる。

だけどそれを聞いていた朱堂さんが、首を横にふった。

「だとしても、ふつうにさがして見つかることはないだろうね。そうじゃなきゃ、宝のヒントをさがしにきたのに、宝そのものを見つけちゃった、ってことにもなりかねないし」

「となると、重要なのは下の2つだよな？　一番下の『そのおく♪』ってのは、『その奥で』とか『その奥に』ってことなんだろうけど、真ん中のこりゃなんだ？」

暗号の真ん中の部分をぬきだすと『しおの○♪○き』という言葉になる。

最初の三文字は「しおの」で決定だけど、そのあとの四文字がわからない。

でも逆に言うと、ここさえわかれば暗号を読み解くことができるっていうことだ。

「らくがき……みかづき……かたぬき……そうじき……」

とりあえず、僕達は『き』で終わる四文字の言葉をてきとうにならべていく。

「しらたき……はるまき……てりやき？」

と、ケンイチロウ君がなにか手ごたえを感じたのか、パッと顔を上にあげた。

「しおのてりやき？」

「塩焼きなのか、照り焼きなのか、はっきりしろよ」

「ブリのてりやき？」

「いや、おいしそうだけれども」

「ブリのしおやき」

「ブリからはなれろ！　『おにがくれ　ブリのしおやき　そのおくに』って、意味わかんねえだろ！」

「いや、もしかしたらあそこの近くでは、潮の影響でブリがよく釣れるのかもしれん」

「だからなんだよ！　つーか真ん中の最初の三文字は『しおの』だっつーの！」

いちおう言っておくと、ケンイチロウ君のこれはふざけているわけでもなんでもない。

ソウタ君がテンポよくツッコミをいれているから、漫才みたいに見えるけれど、ケンイチロウ君はいたって真剣だ。

「あ、それだ」

なんてことを思っていると、不意に朱堂さんがなにかに気づいたように口をひらいた。

「おお、やっぱり鬼がくれの岩場あたりでは、ブリがよく釣れるのか？」

「……そんなわけねーだろ。それで？　なにを思いついたんだ？」

「暗号にある『しおの』っていうのは、しょっぱいほうの『塩の』じゃなくて、海の流れのほうの『潮の』なんだよ」

そう言いながら朱堂さんは、タブレットに宝のヒントを表示させる。

おそらく朱堂さんの頭のなかでは、すでに宝のありかがわかっているんだろう。

それが伝わっているからこそ、僕達はなにも言わずに次の言葉を待った。

「おにがくれ　しおのみちひき　そのおくに」

そして、僕達がじゅうぶん静かになったタイミングで、朱堂さんが言った。

つまり、朱堂さんがいま言った暗号を漢字になおすと、こういう感じだ。


『鬼がくれ　潮の満ち引き　その奥に』

「この鬼がくれの岩場には、潮が引いたときだけにあらわれる洞くつみたいなのがあって、その奥に宝がかくされているってことじゃない？」

どう？　というように朱堂さんが僕達の顔をのぞいてくる。

地図を見ると、鬼がくれの岩場の北側――海に接している部分は、切り立った崖のようになっている。

もしそこに、海からはいれる洞くつがあるんだとしたら、船かボートを使って、まわりこんでいく必要があるだろう。

ありえない話ではないと、僕は思う。

たしかにそういうかくし方をすれば、近くをうろついていて偶然宝を見つける、っていう可能性はなくなる。

「なるほどな。そういうことなら明日さっそく行ってみるとしようか」

朱堂さんの言葉を聞いたあとで、ケンイチロウ君がうれしそうに言った。

「でも、潮が引いているときって何時ごろなのかな？」

「ざっくりとした計算で悪いんだけど、明日だったらお昼の12時ぐらいかな？」

ためらいがちにつぶやくヒナさんに対し、朱堂さんがあっさりと答えた。

「どうしてそんなことわかるの？」

「昨日、灼熱浜で宝のヒントをさがしているとき、波の動きは見てたからね。まあ、鬼がくれの岩場は島の正反対にあるから、かなり早めに出発しないといけないけど」

「早めって、どのぐらい？」

「よゆうを持って行くことを考えると……朝の5時ぐらいには出発したいなぁ」

「だったら、いつまでもこうやって話しあっているわけにはいかないな。すぐに風呂にはいって、歯をみがいて寝るとしようか」

「それじゃ、お風呂にはいる前に、私は明日の準備でもしようかな」

そう言って朱堂さんは立ちあがり、そのまま玄関のほうへむかっていく。

「明日の準備って、朱堂さんどこ行くの？」

「ミスターLのところに行って、小さめのゴムボートを持ってくるんだよ。ああ、あと空気いれもかな」

「せっかくだったら、小さめよりも大きめのほうがいいんじゃない？」

「あんまり大きいと、重くて持っていけなくなっちゃうんだよね。けっきょくだれが優勝してもいっしょなんだし、全員で洞くつにのりこむ必要もないでしょ」

「……」

だれが優勝してもいっしょ、と聞いて僕はなんとも言えなかった。

一日目、ゲンキ君もそれを聞いてもやっとしていたけれど、やっぱり朱堂さんはこういうところでさっぱりしている部分がある。

ただ、朱堂さんの言っていることは別にまちがっているわけではないので、言いかえすこともできない。

そうして僕達は、朱堂さんがボートをとりにいっているあいだにお風呂にはいり、昨日よりもずっと早い時間に二日目の活動を終えたのだった。

*

「みんな、起きて！　大変なことになった！」

三日目の朝、僕達は朱堂さんの声で目を覚ました。

あまりにもあわてた様子に、僕は最初『寝過ごした!?』と不安になる。

だけど時計を見ても朝の4時を過ぎたところで、まだあわてるような時間じゃない。

「ふあぁ……なにあわててんだよ朱堂。まだ時間によゆうはあるじゃねえか」

大きなあくびをしながら、ツバサ君がそんなことをつぶやく。

とつぜん起こされたということもあって、僕もまだ頭のなかがはっきりしていない。

そんななか朱堂さんは、僕達の眠気を一言で吹きとばすようなことを言った。

「準備してたボートが盗まれてる!」

僕は最初、その言葉を聞きまちがえたのかと思った。

もしくは、朱堂さんがしくんだ寝起きドッキリなのかとも思った。

でも、ゲンキ君やソウタ君ならいざ知らず、朱堂さんがそんなことするはずがない。

「……ハァ!?」

そして、少しおくれて僕達の口から、そんな声がでてきた。

あわてて僕達は飛び起きて、ボートを準備してあった居間へとむかう。

だけど、そこにボートはなかった。

正確に言うと、折りたたんだゴムボートと空気いれなどがはいっているリュックがなくなっていた。

しかも、よく見ると居間にあったガラス戸の一部が割られている。

僕達が寝ているあいだに、だれかがそこから鍵をあけて、ボートを盗んでいった。

そういうことが一目でわかる状態だ。

「なんだよこれ、だれがやったっつーんだよ……」

目の前の惨状を目にして、ツバサ君の眉間にしわがよる。

「犯人さがしはあと。それよりボート関係だけ盗まれているほうがまずい」

そう言いながら朱堂さんは、残った荷物の確認を始めた。

いちおう居間には、ゴムボートの他にも救命胴衣や個人の荷物なども置かれていたけど、なくなっているのは、朱堂さんが言っているようにボート関係だけなのだ。

「私達をじゃまするだけなら、他の荷物もいっしょに持っていくはず。だけどボートだけ盗んだってことは……最悪、犯人は宝のありかがわかっているのかもしれない」

朱堂さんの言葉を聞いて、僕はようやくなにがまずいのかがわかった。

このままだと、ボートを盗んだ犯人に宝を横どりされてしまうかもしれないってことだ。

「だったら、俺達もすぐに鬼がくれの岩場に行かねえと！」

「でも、ただ行っても、犯人がボートにのってたらなにもできないよね……」

ソウタ君がいそいで外に行こうとしたけど、ヒナさんの一言で足が止まった。

いまから出発して犯人に追いつけば、ボートをとりかえすことができるかもしれないけど、もし追いつけなかったら、僕達はその時点で洞くつへはいれなくなる。

「救命胴衣だけ持っていって、泳いでいくのはダメか？」

そうツバサ君が言ったけれど、朱堂さんは首を横にふった。

「島をぐるっとまわりこむ必要があるから無理。下手すりゃ波にのまれて死んじゃう」

「代わりのゴムボートは？」

「あるにはあるけど重すぎる。それこそ、車に積んで運ぶようなやつだよ」

「……さすがに朱堂でも、車の運転は無理か？」

「できるわけないでしょ！　私をなんだと思ってるの！」

「そうだ！　車が無理なら、リアカーを使って運ぶのはどうだ？」

　すると、今度はケンイチロウ君が顔をあげてそんなことを言った。

　その言葉に、朱堂さんのまゆがひくりとつりあがる。

　そのまま数秒、じっとだまりこんだあと、あきらめたように——もしくは覚悟をきめたように、大きなため息をついた。

「……それしかないか」

　あまりのり気じゃないっていうのは、声からわかる。

　なにしろ、いまから僕達は重いボートをリアカーにのせて、島を横断していかなくちゃいけないんだ。

　時間が無限にあるなら、もっといい考えが思いうかぶかもしれないけど、いまの僕達にその時間はない。

　そうして僕達は、いそいでゴムボートとリアカーを準備して、目的地へむかうことになったんだ。

＊

出発してから7時間近くが経過した。

無人町をでたのが、4時30分だとすると、いまの時間は11時30分だ。

それで、潮が引くのが12時だから、残り時間は30分くらいってことになる。

いや、潮が引く時間っていうのも朱堂さんがざっくりと計算しただけのものだから、その時間だって正確なわけじゃない。

30分ていどの誤差を考えると、すでにボートにのっておきたい時間だ。

結果から言うと、僕達は犯人に追いつくことはできなかった。

出発がおそかったっていうのももちろんあるけど、なによりこのリアカーにのっているボートが重い。

救命胴衣とか空気いれとか、そういうのをあわせるとたぶん70キロ近くはある。

「つーかよ……けっきょくボートを盗んでいった犯人はだれなんだ？」

リアカーを押している途中、ソウタ君がつかれはてた声でそんなことをつぶやいた。

「たぶんユウでしょ。もしあの女だったらボートだけを盗むなんて、あまっちょろいことするわけがない」

言い方としてはアレだけど、僕も朱堂さんの意見には賛成だ。

もしボートを盗んだのがカレンさんなら、救命胴衣とか個人装備とか、そういったものもどこかに持っていっただろうからだ。

そう思う一方で、どうしてユウ君はそうしなかったのかとも思う。

もしユウ君が優勝して、僕達をずっとこの島にとじこめておくつもりなら、そうすればよかったんだ。

そんなことを思っていると、不意に潮の香りが強くなった。

みんなにもそれがわかったらしく、思いきりリアカーを押していく。

そして、少し小高くなっている坂を登っていくと、そのむこう側に海が見えた。

「やーっとついたぜ、こんちくしょう！」

海が見えたところで、ツバサ君がさけぶ。

僕達がいるのは、鬼がくれの岩場から南東の場所にある、灼熱浜と呼ばれる場所だ。

いまから僕達はゴムボートにのり、島の外側をぐるりとまわっていくことになる。

7時間近く歩いてきて、かなりつかれてはいるけれど、重要なのはここからだ。

さっそく僕達は、リアカーからゴムボートを引きずりおろし、空気をいれはじめる。

ボートが大きいっていうこともあって、空気をいれるのに20分近くかかってしまった。

それから僕達は救命胴衣を着て、さっそく海へとこぎだしていく。

だけど、いまからどれだけいそいだところで、12時にはまにあわないだろう。

みんなの口数が少なくなっているのは、おそらくそのことにふれたくないからだ。

もちろんそれで時間が止まることはないし、ゆっくりになったりもしない。

そして、12時になった。

僕達の推理が正しかったら、いまごろこの時間にだけあらわれる洞くつが、鬼がくれの岩場にはできているはずだ。

だけど僕達はまだ、そこまでたどり着けてもいない。

そのなかで僕達は、ほとんどいのりながら、ボートをこぎつづけた。

10分たち、20分たち、そして30分がたとうとしたときだった。

「おい！」

と、ボートの先頭に座っていたツバサ君が声をあげる。

顔をあげると、鬼がくれの岩場が前方に見えた。

海から見あげるそれは、想像していたものよりかなりの迫力がある。

家ぐらいの、アパートぐらいの——下手をしたら学校ぐらいあるような大きな岩が、ごつりごつりと積みかさなっている。

あまりの迫力に圧倒されそうになるけれど、いま見るべきところはそこじゃない。

ツバサ君の視線の先——岩場の上じゃなくて、海に接している下の部分に、みょうなくぼみが見えた。

「ここからじゃあよく見えねえ。もっと近づくぞ！」

ツバサ君の指示に従って、僕達はもういちどボートをこぎはじめ、ゆっくりとそのくぼみへと近づいていく。

だけど、そこに近づけば近づくほど、僕達の体からどんどんと力がぬけていくのを感じた。

そして、くぼみとの距離が残り3メートルぐらいになったとき、ボートが止まった。

ここまで近づけば、そのくぼみがいったいなんなのかがよく見える。

たとえるならそれは、地面にうめられたトンネルの一部のようなくぼみだった。

たしかにそこには、洞くつの入り口があったのかもしれない。

だけどその入り口は、いま完全に海水でふさがってしまっている。

つまり僕達は、まにあわなかった、ということだ。

「……」

重い沈黙がボートの上にただよいはじめる。

もう少し早ければ、まにあったかもしれない。

もう少し潮の満ち引きがゆるやかだったら、まにあったかもしれない。

そんなことを僕達が考えていると、朱堂さんがぽつりとつぶやいた。

「……こりゃ、でなおすしかないかな」

「でなおすったって、次に潮が引くまでどんだけかかるんだよ？」

「潮の満ち引きは、12時間30分ごとだから……今夜の0時30分ってところかな？」

「今日っつーより、そこまできたらもう明日じゃねえか！　つーか、ユウがこのなかにいるかもしんねえのに、そんなちんたらやってられるか！」

ツバサ君の言葉を聞いて、僕は顔をあげる。

そうだ、もし僕達のボートを盗んだのがユウ君なんだとしたら、ユウ君はいまこの洞くつのなかにいるってことになる。

「だからって、他に手段はないでしょ？　入り口はもうふさがってるんだよ？」

と言って、朱堂さんがくぼみのほうを指さした。

もういちど潮が引けば、そこにある入り口があらわれるんだろうけど、その入り口は完全に海にしずんでしまっている。

だけど僕はそのとき、あることを思いついた。

いや、もっと正確に言うと、思いついてしまった。

「――手段はあるよ」

その方法が頭のなかに思いうかんだ瞬間、僕はおもわず声にだしていた。

「どうやって？」

と、朱堂さんに聞かれたけど、僕はなにも言わなかった。

もしその方法を説明したら、きっと朱堂さんは僕のことを止めるからだ。

「えっと、じゃあちょっと前のほうに行っていいかな？」

そこで僕は、ほとんど話を断ち切るような形で、ボートの前のほうへと移動を始めた。

僕がボートの前に行こうとすると、朱堂さんがバランスをとるためにボートのうしろへ体重をかける。

前に移動しながら、僕は救命胴衣についている笛をとりだした。

笛は救命胴衣と紐でつながっているから、それを歯でかみ切る。

そして、笛をしっかりとにぎりしめたあと、僕は救命胴衣をぬぎすてた。

その瞬間、朱堂さんの顔色が変わる。

きっと朱堂さんは、僕がやろうとしていることがわかったんだろう。

だけど、朱堂さんはボートのうしろでバランスをとっているから、前にいる僕を止めることはできない。

「ツバサ！　リクを止めて！」

「……は？」

朱堂さんがそうさけんだ瞬間、僕は海のなかに飛びこんだ。

そのあとで僕は、前方にあるくぼみの下へもぐっていく。

僕が思いついた、洞くつのなかにはいる方法がこれだ。

たしかに潮が引いてなくちゃ、入り口は海の水でふさがってしまうけど、だったらもぐってむりやりなかにはいってしまえばいい。

もちろんそれは、危険な行為だ。

洞くつに行くまでの道のりがどれだけ長いかなんてわからないし、息が持たなくなったらそのままおぼれてしまう可能性がある。

ふつうのラストサバイバルだったら、僕だってこんなことはしない。

僕がこんなことをしたのは、この先にユウ君がいるからだ。

ユウ君はきっと、僕達が追いかけてくるのを待っている。

だからこそ、ユウ君はボートだけを盗んで、他の荷物には手をつけなかったんだ。

そして僕は、ユウ君のその期待にこたえたかった。

「……ぶはぁ！」

潜りはじめて30秒ぐらいで、洞くつのなかにはいることができた。

とりあえず、おぼれなかったことに感謝しながら、僕は近くにあった岩をつかんで体を海から引きあげる。

洞くつのなかは、思ったよりも明るかった。

見あげると、岩のあいだにところどころすきまがあって、そこから光がさしこんでいる。

横を見ると、家から盗まれた小型のゴムボートが置いてあった。

っていうことは、やっぱりユウ君はこの洞くつのなかにいるってことなんだろう。

ひとまず僕は、洞くつの奥へ行く前に、持ってきた笛を思いきり吹いた。

しばらくして、外からも同じように笛の音が聞こえてくる。

これで、外にいる朱堂さん達に、僕が無事だってことが伝わったはずだ。

あとは、この洞くつのなかで、ユウ君をさがさないと――

「リク君！」

と、そう思ったとき、うしろから声が聞こえた。

ふりむくとそこには、両手をひろげたユウ君が立っていた。

「あはぁ！　やっぱりきてくれたんだね」

そう言ったユウ君の顔には、あの人形のような笑みがうかんでいた。

「……ユウ君は、どうしてこの場所がわかったの？」

言いたいことはいろいろあったけれど、最初に僕はそのことを聞くことにした。

僕達は、一日目と二日目のヒントをあわせて、暗号を解くことができたけど、ユウ君は一日目しか僕達といっしょに行動していない。

もっと言うと、ユウ君はケンイチロウ君達が見つけた宝のヒントを教えられていないから、単純に暗号を解いてここにくるのは、かなりむずかしいはずだ。

「どうしてって、リク君達の話を聞いてたからだよ」

「話を聞いてたって、どうやって？」

そう言いながら、僕は頭のなかを回転させる。

たぶんユウ君が聞いていたのは、僕達が昨日の夜に話しあっていた会話のことだろう。

でも、そのときユウ君はその場にいなかったし、家の外で盗み聞きしていたっていうのも、あんまり現実的じゃない。

「ミスターLといっしょだよ」

そうユウ君は言ったけど、僕は最初、それがどういう意味なのかわからなかった。

たしかにミスターLには、僕達の様子はぜんぶ筒ぬけになっているかもしれない。

でも、それといっしょっていうのは——

「……ああなるほど、盗聴してたってことね」

僕の答えを聞いて、ユウ君の笑みがより深くなる。

つまりユウ君は二日目の昼間、僕達が妖精の湖でたんさくしているときに、僕達の家に盗聴器でもしかけていたんだろう。

そしてユウ君は、それを使って僕達の会話を聞いていたっていうわけだ。

ツバサ君が聞いたら、烈火のごとく怒りそうだけど、別に僕はそのことについてユウ君をせめるつもりはない。

そのとき僕はふと、ユウ君のうしろになにかがあることに気がついた。

ユウ君が立っている場所はちょっと薄暗くなっているから、正確になにがあるのかはわからないけど、それでもなにかきらきらとしたものが見える。

「……ユウ君のうしろにあるのってなに？」

「うん？　知りたい？」

そう言いながら、ユウ君はほんの少しだけ横にずれる。

そして、なにかとっておきのものを発表するように、両手を上下に大きくひろげた。

「じゃじゃーん！」

ユウ君のうしろにあったのは、一言で言うと大きなトロフィーだった。

下にある台とあわせると、そのトロフィーの大きさは僕達の身長ぐらいある。

もちろんそんなトロフィーがこんなところに自然にはえているわけないし、わざわざユウ君が準備したというわけでもないだろう。

つまりそのトロフィーが、この島にかくされた宝ってことになる。

「ねえ、リク君」

そのとき、宝の前に立っていたユウ君が、僕のほうを見てゆっくりと声をかけてきた。

けっこうはなれているはずなのに、耳もとでささやかれているような、そんな気さえする。

「僕と勝負しようよ」

そう言ってユウ君は、にこりと笑った。


『この島にかくされている宝を最初に手にした参加者が優勝する』


これが、今回のサバイバルトレジャーのルールだ。

だからもしユウ君がいまその宝を手にすれば、その時点でユウ君が優勝することになる。

それなのにユウ君は、勝負をしよう、と言ってきた。

もちろんそれは、この宝をかけて勝負をしよう、っていう意味だ。

「どうしてわざわざそんなことするの？」

そう僕が聞いたのは、単純に不思議だったからだ。

どうしてユウ君は、僕達に追いついてほしかったのか。

どうしてユウ君は、僕がここにくる前に宝を手にいれなかったのか？


「だって僕達、友達でしょ？」


友達、と言われて、おもわず奥歯に力がはいる。

ただ、そういうことならこっちとしても好都合だ。

「うん、わかったよ」

「あはぁ！」

僕がうなずくと同時に、ユウ君が悲鳴に近い声をあげた。

「うれしいなぁ。それじゃあ、どんな勝負にしようか？」

そう言われて、僕はざっと洞くつのなかを見わたした。

洞くつのなかはあまりひろいわけじゃない。

大きさとしては、音楽室をひとまわりぐらい大きくした感じのものだ。

「腕相撲なんかどうかな？」

そう言いながら、僕はユウ君のほうへと歩を進めていく。

「腕相撲？」

「うん、僕とユウ君って体型も同じぐらいだし、ちょうどいいんじゃない？」

「でも、腕相撲をするならつくえがないといけないよね？」

「つくえはないけど、代わりのものがあるじゃない」

そして僕は、ユウ君の横を通り過ぎて、宝のほうへと手をのばした。

学校とかでよく見る、使い古されたトロフィーとちがって、ここに置いてあるトロフィーはまぶしいほどに輝いていた。

ダイヤモンド、ルビー、サファイヤ、エメラルド。

テレビでしか見たことのないような宝石が、いたるところにちりばめられている。

だけど僕は、そのトロフィーを投げすてた。

カーン、という小気味いい音がして、トロフィーが足もとにころがっていく。

そのあとで、僕はそのトロフィーがのっていた台を引きずって、洞くつの真ん中あたりに持っていった。
「さ、これでできるよ」
準備ができたあとで、僕は台の上に肘を立てる。
一方ユウ君は、その場に立った状態で、あぜんとした表情をうかべていた。
なんだ、そういう顔もできるんだ、と僕は思う。
僕は前回、ユウ君との勝負に負けたとき、ひとつ学んだことがあった。
それは、相手にのまれちゃいけないってことだ。
逆に言うと、こっちが相手のことをのみこんでしまえばいいってことだ。
こういうのは、僕よりカレンさんのほうがうまい。
口車にのせる、雰囲気に酔わせる。なんだっていい。
ユウ君がかくしている本心のようなもの、まずはそれを表にださせる必要がある。
「……いいよ、腕相撲だね。それでいこう」
ユウ君があぜんとしたのは一瞬のことで、すぐさまその顔に笑みがもどった。
そしてユウ君は僕の前までやってきて、台の上に肘をつける。

にぎったその手は、おどろくほど冷たかった。
視線を前にむけると、吸いこまれそうな黒い瞳が、じっと僕のことを見つめている。
さて、ここからだ。
泣いても、笑っても——あるいは心がこわれても、僕はもうえんりょはしない。
そうして、僕とユウ君の長い戦いが始まったんだ。

*

スタートの合図は特になかった。
ゆっくりとぞうきんをしぼっていくように、僕達は力をこめていく。
そして、じゅうぶんに力がこもったところで僕達の動きが止まった。
相手のほうにたおそうとしても、それと同じぐらいの力が返ってくる。
「ねえユウ君」
力をこめながら、僕は口をひらく。

「そういえば、ルールをちゃんときめてなかったよね」

僕がそう言うと、ユウ君は目をぱちくりとさせた。

「勝ったほうが、あの宝を手にいれるってことじゃないの？」

「うん、だけどそれだけじゃおもしろくないじゃない」

「じゃあどうするの？」

「そうだな……じゃあ、僕が負けたらユウ君のいうことをなんでも聞いてあげるよ」

僕の言葉を聞いて、ユウ君はうっとりとした笑みをうかべた。

「じゃあ、じゃあ、僕が負けたらリク君のいうことをなんでも聞けばいいのかな？」

どこかあまえるような声でユウ君が言ったけど、僕は首を横にふる。

「ううん、そうじゃなくて僕が勝ったら……」

と、そこまで言って、一瞬のどの奥がぐっとつまった。

僕はいまから、いままで一番ひどいことをユウ君に言おうとしている。

それでも僕は、覚悟をきめて言った。

「僕が勝ったら、ユウ君には友達をやめてもらいたいんだ」

そう僕が言った瞬間、ユウ君の顔から表情が消えた。

怒りも悲しみも、なにひとつない。

たとえるならそれは、子供があきたおもちゃにむける、そんな表情だ。

「冗談でしょ？」

「冗談でこんなこと言えないよ」

「……やだ」

すると、ユウ君は目を大きく見ひらいて、ぐっと僕に顔を近づけてきた。

「リク君は、僕の、友達だ」

その言葉は、子供のわがまま、というよりも脅しに近かった。

だけど僕は、ユウ君から一瞬たりとも目をそらさず、言いかえしてやる。

「だったら勝てばいいいんだよ。言ったでしょ？　ユウ君が僕に勝ったら、なんでもいうこと聞いてあげるって」

僕がそう言うと、ユウ君の顔が少しはなれた。

「やってほしいことがあったらぜんぶやってあげる。ユウ君の悪口は言わないし、ケンカだってぜったいしない。一人ぼっちがいやなら、死ぬまでいっしょにいてあげる」

自分で言っていて、なんだか気持ち悪くなってきた。

なんでも自分の思いどおりになる友達なんて、想像するだけでゾッとする。

だけど――

「そういうのが、ユウ君がほしい友達なんでしょ？」

そう言って、僕は意地の悪い笑みをうかべた。

その笑みを受けて、初めてユウ君の顔がゆがむ。

それを見て、僕はよし、と思った。

「ちがう！」

直後、ユウ君のさけび声が洞くつのなかにひびく。

「僕はただみんなといっしょにいたいだけなんだ！　みんなと遊びたいだけなんだ！」

さけび声にあわせて、ユウ君の力がどんどんとふくれあがっていく。

「ゲームして、おしゃべりして、笑いあって――」

それに負けないように、僕は自分の体重を思いきり右腕にのせた。

「それなのに、どうして！　そんなこと言うんだよ！」

そのとき、腕のなかから、**みし**、という音がした。

さらに力をかけると、**ぎち**、という音がした。

筋肉がきしむ音だ。

これ以上は危険だ、という音だ。

それでも僕は、力をゆるめるわけにはいかなかった。

「もう、一人はいやなんだよ！」

ああそうか、と僕はその言葉を聞いて思う。

やっぱり、根っこのところではそうなんだ。

ユウ君は別に友達がほしいわけじゃない。


ユウ君はただ、一人ぼっちがいやなんだ。


「……ねえ、ユウ君」

そこで僕は、やさしく声をかけてやる。

でもそれは、ユウ君をなぐさめてやるためじゃない。

「だったら、もっと、こっちを見てよ」

僕がそう言った瞬間、ユウ君の手から力がぬけた。

いや、ぬけたというよりは、それ以上力がはいらなくなった、というほうが正しい。

だからといって、こちらからやりかえす力も僕のなかには残っていない。

「……さっきから見てるよ」

少し息をととのえたあとで、ユウ君が静かに口をひらいた。

「そうじゃなくてさ、もっとちゃんと僕達のほうを見てよ」

僕の言葉を聞いても、ユウ君は意味がわからない、といった感じだった。

みょうな静けさが、洞くつのなかを流れていく。

聞こえる音といえば、岩のすきまからはいりこんでくる波の音と、おたがいの息づかいぐらいだ。

「いいよ、ゆっくりで。時間はたっぷりあるんだからさ」

なにも言わないユウ君に対して、僕は微笑みかけてやった。

そう、時間はまだまだたっぷりある。

もしもこのあと、すぐに勝負がついたとしても、潮が引くまでのあいだ、僕達はこの洞くつからでることはできない。

僕達だけの時間だ。

逃げることも、かくれることもできない。

そうしてゆっくりと、二人だけの時間が洞くつのなかで流れていったんだ。

＊

勝負を始めて、かなりの時間が経過した。

1時間か、2時間か、ひょっとしたら3時間くらいたっているかもしれない。

左腕につけてあるタブレットを見れば時間はわかるけど、それを見るよゆうがいまの僕達にはない。

左腕に意識をむけるだけで、力のバランスがくずれてしまいそうになる。

勝負はまだついていなかった。

力をいれれば、相手も同じぐらい力をいれてくるし、少し休もうかと思うと、相手も同じように休んでくる。

そのあいだ、僕達はほとんどなにも話していない。

最初の会話のあと、ユウ君はなにかを考えるようにじっと押しだまっている。

『ねえリク君。僕達、友達だよね？』

ある意味、僕はその問いかけに、最悪の形で答えたことになる。

これならまだ、最初から友達じゃないと言われたほうがずっとマシだろう。

それなのに『友達をやめてもらいたい』だなんて、よく言ったもんだと僕は思う。

ひょっとしたら、もっといいやり方があったのかもしれない。

だれも悲しまないで、だれも苦しまないで、笑顔になれる方法があったのかもしれない。

でも僕は、これしか思いうかばなかった。

ユウ君にちゃんとこっちを見てもらうためには、これしかないと僕は思った。

『こわしなさいな』

と、カレンさんは言っていた。

『友達だったら、えんりょなく、こわしてあげなさい』

僕はいま、ユウ君のことをこわそうとしているんだ。

そのとき、足になにか冷たいものがふれた。

海水だ、というのは見なくてもわかった。

潮が引いたタイミングで僕達はこの洞くつにはいってきたけれど、時間がたったら逆に潮は満ちてくる。

どこまで海水があがってくるのかはわからないけど、この腕をのせている台よりも上にこなければ、勝負はつづけられる。

「ねえ、リク君……もうやめようよ」

すると、いままでだまっていたユウ君が顔をあげて僕のほうを見た。

「やめるって、友達を？」

「この勝負を」

「どうして？　ユウ君も腕相撲でいいって言ってくれたじゃない」

「腕相撲はいいよ。でも……友達をやめるとか……そういうのは……」

と、言葉の途中でユウ君はなにかに気づいたように目を見ひらいた。

いちおう顔は僕のほうにむけられているけれど、僕のほうを見ているわけではない。

それよりももっとうしろにあるなにかを、ユウ君はじっと見つめている。

「リク君、宝物が！」

その言葉を聞いて、僕は僕のうしろでなにが起きているのかを理解した。

おそらく、僕が投げすてたあの宝物が、海水に流されそうになっているんだろう。

僕達はいま、その宝物を手にいれるために腕相撲をしている。

だから、その宝物が流されそうだっていうのは、けっこうまずいことなんだろう。

このままだと、今回のラストサバイバルの優勝者がだれもいなくなるってことにもなりかねない。

でも――

そんなことか、と僕は思った。

宝物が流されようが、優勝者がいなくなろうが、そんなのはどうでもいい。

「ねえユウ君、どこ見てるの？」

それよりもこっちのほうが、いまの僕にとっては大切だ。

「もっと、ちゃんと、僕を見てよ」

僕の言葉を聞いて、ユウ君の体がびくりとふるえた。

「……僕の負けでいいから」

そして、いまにも消えそうな声で、ユウ君はつぶやいた。

「宝はあげる。優勝なんかしなくていい。だから、もうやめようよ……」

勝負を始めたときのユウ君とはちがって、いまのユウ君はかなり弱気になっている。

気分のうきしずみがはげしいのは、かなり追いつめられている証拠だ。

仮面がはがれて、化けの皮がはがれて、心がむきだしになっている状態だ。

ユウ君の言葉は、ほとんど命乞いに近い。

ユウ君にとって友達の縁を切られるっていうのは、それほどつらいことなんだろう。

さて、ここからだ、と僕は思った。

ある意味僕は、ユウ君をこの状態にするために、ここまで追いこんできたんだ。

「ユウ君は、どうして僕達をこの島にとじこめようと思ったの？」

そして僕は、改めてその質問を投げかけてみた。

「もう、一人になりたくなかったから……」

「例の遊びのこと？」

『早乙女ユウを無視する遊び』

それが、ユウ君のクラスではやっている遊びだ。

たとえば今日、僕がこの大会で優勝して『家に帰りたい』ってお願いすれば、ユウ君も自分の家に帰ることになる。

その先に待っているのは、学校で無視されつづける毎日だ。

それをユウ君はこわがっている。

「……どうすればいいか、教えてあげようか？」

僕がそう言うと、ユウ君の目が大きく見ひらかれた。

よし、と僕はそれを見て思う。

ようやくユウ君の『心が』こっちをむいた。


「つまりさ、ユウ君が一人ぼっちじゃなくなればいいんだよね」

とはいうものの、さすがに僕がユウ君の学校に転校して助けてやることはできない。

「……どうするの？」

いま、ユウ君の心のなかは空っぽだ。

たとえ僕が目の前にいたとしても、その心のなかに僕はいない。
どうしようもなく、一人ぼっちだ。
だから――
「きざむんだよ、心のなかに」
そう言って、僕はユウ君の目をのぞく。
「僕達のことをきざむんだ」
そう言って、僕は力をこめる。
この視線を――
この力を――
この呼吸を――
この熱を――
この思いを――
この瞬間を――
むきだしになったユウ君の心に、桜井リクをきざみつける。

そうすればいいんだ。
家に帰って、学校に行って、一人ぼっちだと感じるときは、それがきっと力になる。
見ろ、と僕は思う。
僕を見ろ。
僕も見てやる。
きざんでやる。
早乙女ユウをきざんでやる。
みし、と音が鳴る。
ぎち、と音が鳴る。
力はゆるめない。
視線もそらさない。
ここには僕達二人しかいない。
よけいなじゃまは、はいらない。
どうだ、と僕はユウ君のことをにらみつける。

ユウ君も、その黒々とした瞳を僕のほうへとむけていた。

そして、その僕のほうにむけられている目の奥に、人影が映っている。

それはもちろん僕の姿だ。

目の前にいる僕の姿が、ユウ君の瞳の奥に映っている。

ユウ君のなかに、僕がいる。

どうだ！

と、僕は思う。

その思いを手のひらにこめる。

「どうだぁ！」

そう僕がさけんだとき、すぅ、とユウ君の目からなみだがこぼれてきた。

流れたなみだはほおを伝って、ぽたぽたと台の上へと落ちていく。

「……え？」

なみだを流しておどろいているのは、他のだれでもないユウ君自身だった。

「あれ……はは、おかしいな……」

そう言いながら、ユウ君は笑っている。

そう言いながら、ユウ君は泣いている。

「なんだろう、うまく言葉にできないんだけど……」

そしてユウ君は、どこか恥ずかしそうにしながらつぶやいた。

「胸のなかがね、すごく熱いんだ」

そう言ったユウ君は、なんだか複雑な表情をうかべている。

恥ずかしいような、うれしいような、おどろいたような、後悔しているような。

いろんな感情がまざりあって、なにを考えているのかはわからない。

でもこの表情を見て『人形みたいだ』と思う子はだれもいないだろう。

「……一人じゃないのかな？」

そしてユウ君は、自分に言い聞かせるようにそうつぶやいた。

「僕、もう、一人じゃないのかな？」

それどころじゃない、と僕はユウ君の言葉を聞いて思う。

これから先、なにがあっても、一生、ずっと、ユウ君は一人じゃない。

心にきざむっていうのは、そういうことだ。

どうだ、まいったか、と僕は思う。


「……ありがとうリク君」


面とむかって言われると、なんだかこっちも照れくさくなってくるけど、僕は笑顔でそれに答えた。

「うん」

そうして僕達はもういちど腕に力をこめる。

いつのまにか、ユウ君の手のひらがかなり熱くなっていた。

僕達の勝負は、まだ始まったばかりだ。

勝負を始めてから4時間近くが経過した。

くりかえすけど、これはあくまで僕の感覚的な話だ。

ただ、潮の高さとか、岩のあいだからはいってくる光の具合とかで、あるていど時間がたっているっていうのはわかる。

そして、5時間が経過する。勝負はまだつかない。

6時間。海水が腰のあたりにまであがってきた。

7時間。海水がさがりはじめる。

8時間。あたりが暗くなってくる。

9時間。たがいの顔が見えなくなる。

10時間。ひどく眠い。

お腹もすいた。

頭がぼうっとする。

11時間。足が痛い。腕が痛い。体が痛い。

勝負はまだ終わらない。

12時間。

動きがあった。

ユウ君の腕に力がこもった。

最後の力だ。

最後の勝負だ。

自分の体のなかにあるぜんぶをそこにこめる。

立っている力も、息を吸う力も、目をあける力も、なにかを考える力も。

そのぜんぶを腕のなかにこめる。

そのとき、ゆっくりと……本当にゆっくりと、腕がかたむきはじめた。

ユウ君のほうへだ。

僕が力をこめた分だけ、ゆっくりとユウ君のほうへとたおれこんでいく。

「あぁ！」

そのとき、ユウ君がさけんだ。

「あああぁ！」

悲鳴とはちがう。

気合いをいれる声ともまたちがう。

強いていうならそれは泣き声だ。

感情が高ぶって、頭のなかがぐちゃぐちゃになって、自然と口からでてくる泣き声だ。

だけどそのなかで、ユウ君はちゃんと僕のほうを見ていた。

洞くつのなかは真っ暗で相手の顔は見えなかったけど、僕にはそれがはっきりわかった。

腕がかたむく。

かたむく。

かたむく。

そうしてついに――

ユウ君の手の甲が台についた。

その瞬間、僕達は手をにぎった状態のままその場にたおれこむ。

下が岩だってことを完全に忘れていたからかなり痛かったけど、それでも頭を打たなかっただけマシだった。

「はぁ、はぁ……」

息がきれている。

腕があがらない。

勝負が終わったんだから、タブレットを使って時間を確認したかったけど、それを見るよゆうすら、いまの僕にはない。

「……リク君の、勝ちだね」

と、そのとき、暗闇のなかでユウ君が話しかけてくれた。

「うん」

「友達じゃなくなっちゃったね」

「……うん」

『僕が勝ったら、ユウ君には友達をやめてもらいたい』

勝負の最中、僕はユウ君にそう言った。

かなりひどいことを言ったっていうのはわかっているけど、そうでもしないと、ユウ君の心はこっちにむかなかっただろう。

これでよかった、とは言わない。

これが最善だった、とは思わない。

だけどそのことについて、後悔する気は僕にはなかった。

「ねえリク君」

少しの沈黙のあと、ユウ君がまた口をひらいた。

「もういちど、僕と友達になってくれる？」

その言葉を聞いて、僕は一瞬きょとんとする。

いま、僕とユウ君は友達でもなんでもない。

つまり僕が言った『友達をやめてもらいたい』っていうお願いについては、すでにはたされている。

だったら、断る理由は特にない。

「うん、いいよ」

僕がそう答えると、ユウ君は満足そうに「ありがとう」とつぶやいた。

そうして僕とユウ君との勝負は終わったんだ。

本当の宝物

僕とユウ君の勝負が終わった直後、なんだか外がさわがしいことに気がついた。

波の音とはまたちがう、車のエンジンみたいな音が、すぐ近くから聞こえてくる。

なんの音だろう？　と僕が思っていると、洞くつの入り口から一台の船がはいってきた。

どうやって？　と僕は思ったけど、なんのことはない。ちょうどいまこの時間が、潮が引いているタイミングだったんだろう。

船がはいってくると同時に、まばゆい光が洞くつのなかを照らしていく。

その光のなかに、一人の男が立っていた。

白いたてがみ、白いシャツ、白いズボンに白い靴。

船を使って、ここまできたんだろうけど、その服には水滴ひとつついていない。

　それはもちろん、ミスターLだった。

　ミスターLは洞くつのなかへはいってきたあと、いつものように両手を大きく横にひろげた。


「コングラチュレーション！」


　いままで静かだったっていうこともあって、ミスターLのその声はなかなか頭にひびく。

　その声を聞きながら僕とユウ君は、ゆっくりとその場で立ちあがった。

「――って言いたいところなんだけど、宝はいったいどこにあるのかな？」

　そう言われて、僕はハッとする。

　そうだ、今回のラストサバイバルは腕相撲に勝ったほうが優勝するんじゃなくて、宝を最初に手にしたほうが優勝するんだ。

　そう思いながら、僕は洞くつのなかを見わたしてみる。

　だけど、どこを見ても宝石がちりばめられたあのトロフィーは見あたらない。

けっきょくあのトロフィーは海水があがったタイミングで、そのままどこかに流されてしまったんだろう。

でも僕はなにも言わずにユウ君の手をにぎって、それを前につきだした。

「……ええと、どういうことかな？」

「宝物です」

「私の目には、それはユウ君に見えるんだけれども」

「だから、これが宝物です。ちゃんとこの洞くつのなかで見つけました」

僕の言葉を聞いて、ミスターLだけじゃなくユウ君もおどろいているようだった。

だけど僕にとって、これ以上の宝物はない。

「……いやまぁ、けっきょく優勝がリク君だっていうのは変わらないんだけどね」

すると、ミスターLはどこか困った様子でそんなことを言った。

だけどそれは、僕がユウ君の手をつきだしたことではなく、また別のことに困っているようだった。

そのなかで僕が気になったのは『けっきょく優勝がリク君だっていうのは変わらない』

という部分だった。

「どういうことですか？」

「いちおう『最初に宝を手にした』のはリク君だからさ……そのまま投げすてられちゃったけど」

たしかにそう言われてみると、僕はあの台を使うために、その上にのっていたトロフィーをいちど『手にしている』。

つまりミスターLが言った『宝はどこにあるのか？』という言葉は、僕に対するただのいたずらだったんだろう。

「それじゃ改めて**コングラチュレーション！**　今回のラストサバイバルの優勝者は桜井リク選手だ！」

なんだかとってつけられたような感じだったけど、それでもこれで、この島にいるみんなを家に帰すことはできる。

ただ、もしユウ君が勝っていたとしても、いまのユウ君だったらもういちど僕達をこの島にとじこめようとはしないだろう。

なんてことを思っていると、入り口のほうからまたちがうボートが洞くつのなかには

いってきた。

「うっはぁ！　すげえな！　なんだこりゃ！」

そして、そのボートの上には、頭を打って気を失っていたはずのゲンキ君の姿があった。

「ゲンキ君!?」

僕が名前を呼ぶと、ゲンキ君はボートからおりて、僕とユウ君のところへ近づいてきた。

「おお、リク、ユウ。どうした、幽霊でも見たような顔だな」

「えっと、ゲンキ君？　頭だいじょうぶなの？」

「頭だいじょうぶなの？　って、いきなりひどいこと言うな」

「いや、そういう意味じゃなくて……」

「わかってる、わかってる。でも俺はだいじょうぶだぜ。このとおりピンピンしてらぁ」

と言いながら、ゲンキ君はびしっとポーズをきめた。

まあ、ここまで元気なら心配はいらないだろう。

そう思いながら、ボートのほうをもういちど見てみると、そこにはツバサ君達もいた。

だけどツバサ君達は、ゲンキ君とはちがって、どこかむずかしい表情をうかべている。

その理由は、おそらく僕がユウ君の手をにぎっているからだ。

事情を説明しなくちゃ、と思ったけど、その前にユウ君が僕の手をはなしていた。

そして、ユウ君はツバサ君達の前に行き、頭をさげる。

「ごめんなさい」

ユウ君が頭をさげるのを見て、ツバサ君の眉間にしわがよる。

なにたくらんでやがるんだ？　と言葉にするとそういう表情だ。

「僕のわがままで、みんなをこの島にとじこめて……」

他のみんなは、ツバサ君ほど険しい表情はうかべていなかったけど、困惑しているっていうのはなんとなくわかった。

そのなかで、ユウ君は頭をさげたまま言葉をつづける。

「今回のことは、反省してます……」

「それで？」

はきすてるように、ツバサ君が言う。

その対応を見て、ゲンキ君がなにか言おうとしたけれど、僕はあわててそれを止めた。

「そ、それで、その……それなのに、こんなこと言うのは、変かもしれないけど……」

ユウ君の声がふるえているのがわかる。

それでもユウ君は顔をあげ、ツバサ君達のほうをまっすぐに見つめた。

「僕と……友達でいてください」


「——っ」

そう言われて、ツバサ君の目が大きくひらかれた。

まさかユウ君の口からそんな言葉がでるとは思わなかったのか、どこか気まずそうに頭をかきむしっている。

「そんな目で見るんじゃねえよ……断れねえだろ」

そのツバサ君の反応を見て、僕はほっと一息ついた。

まだ心の整理はできてないのかもしれないけど、とりあえずツバサ君はユウ君のことを許してくれたみたいだ。

「でもな」

と、思った瞬間、ツバサ君がユウ君の頭をいきおいよくたたいた。

一瞬、僕は目を疑ったけど、おそらくそれがツバサ君なりの責任のとらせ方なんだろう。

「次おんなじことやったら、ぶったたくからな！」

「もうたたいてるじゃ――痛っ！」

と、僕がツッコミをいれると、つづけてツバサ君は僕の頭をたたいてきた。

「ついでにてめーもだ、リク！　いきなり海のなかに飛びこみやがって。あのあと朱堂を止めんの大変だったんだぞ！」

「あ、ご、ごめんなさい」

「……ふふっ」

すると、僕が頭をたたかれたタイミングで、ユウ君が笑った。

「なに笑ってんだよユウ――って、おい？」

それを聞いたツバサ君が、ユウ君のことをにらみつけたけど、それがすぐにおどろきの表情に変わる。

　なぜならユウ君は、笑いながら泣いていたからだ。

「な、なんで泣いてるんだよ！　俺そんな強くたたいてねえぞ！」

「あーあ、ツバサやっちまったな」

「ゲンキ、てめえはだまってろ！　……いや、本当に俺のせいじゃねえよな？」

　ツバサ君があせっているのがおかしくて、僕はおもわず笑ってしまった。

　もちろんユウ君が泣いているのは、ツバサ君にたたかれたことが理由じゃない。

　あれは、うれしくて泣いているんだ。

　これでもう、一人じゃないってわかったから。

　ユウ君のなかに、みんながいるってわかったから。


　そうして僕達は、ツバサ君がその勘ちがいに気づくまで、ずっと笑いあっていたんだ。

第6弾へつづく

LAST SURVIVAL

集英社みらい文庫

生き残りゲーム
ラストサバイバル
宝をさがせ！ サバイバルトレジャー

大久保開　作
北野詠一　絵

ファンレターのあて先
〒101-8050　東京都千代田区一ツ橋2-5-10　集英社みらい文庫編集部
いただいたお便りは編集部から先生におわたしいたします。

2018年11月27日　第1刷発行
2021年 1月18日　第5刷発行

発行者　北畠輝幸
発行所　株式会社 集英社
〒101-8050　東京都千代田区一ツ橋2-5-10
電話　編集部 03-3230-6246
読者係 03-3230-6080
販売部 03-3230-6393（書店専用）
http://miraibunko.jp
装丁　諸橋藍　中島由佳理
印刷　図書印刷株式会社　凸版印刷株式会社
製本　図書印刷株式会社

★この作品はフィクションです。実在の人物・団体・事件などにはいっさい関係ありません。
ISBN978-4-08-321471-4　C8293　N.D.C.913　188P　18cm

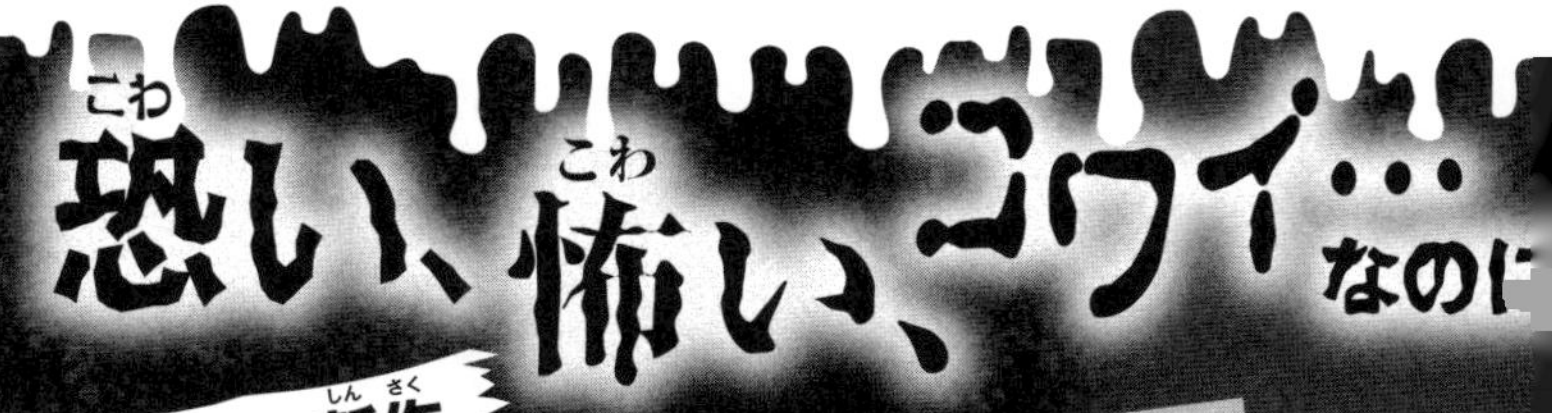
恐い、怖い、コワイ…なのに

「みらい文庫」読者のみなさんへ

言葉を学ぶ、感性を磨く、創造力を育む……、読書は「人間力」を高めるために欠かせません。

たった一枚のページをめくる向こう側に、未知の世界、ドキドキのみらいが無限に広がっている。

これこそが「本」だけが持っているパワーです。

学校の朝の読書に、休み時間に、放課後に……。いつでも、どこでも、すぐに続きを読みたくなるような、魅力に溢れる本をたくさん揃えていきたい。読書がくれる、心がきらきらしたり胸がきゅんとする瞬間を体験してほしい、楽しんでほしい。みらいの日本、そして世界を担うみなさんが、やがて大人になった時、「読書の魅力を初めて知った本」「自分のおこづかいで初めて買った一冊」と思い出してくれるような作品を一所懸命、大切に創っていきたい。

そんないっぱいの想いを込めながら、作家の先生方と一緒に、私たちは素敵な本作りを続けていきます。「みらい文庫」は、無限の宇宙に浮かぶ星のように、夢をたたえ輝きながら、次々と新しく生まれ続けます。

本を持つ、その手の中に、ドキドキするみらい――。

本の宇宙から、自分だけの健やかな空想力を育て、〝みらいの星〟をたくさん見つけてください。

そして、大切なこと、大切な人をきちんと守る、強くて、やさしい大人になってくれることを心から願っています。

2011年　春

集英社みらい文庫編集部

「みらい文庫」読者のみなさんへ

言葉を学ぶ、感性を磨く、創造力を育む……、読書は「人間力」を高めるために欠かせません。たった一枚のページをめくる向こう側に、未知の世界、ドキドキのみらいが無限に広がっている。これこそが「本」だけが持っているパワーです。

学校の朝の読書に、休み時間に、放課後に……。いつでも、どこでも、すぐに続きを読みたくなるような、魅力に溢れる本をたくさん揃えていきたい。読書がくれる、心がきらきらしたり胸がきゅんとする瞬間を体験してほしい、楽しんでほしい。みらいの日本、そして世界を担うみなさんが、やがて大人になった時、「読書の魅力を初めて知った本」「自分のおこづかいで初めて買った一冊」と思い出してくれるような作品を一所懸命、大切に創っていきたい。

そんないっぱいの想いを込めながら、作家の先生方と一緒に、私たちは素敵な本作りを続けていきます。「みらい文庫」は、無限の宇宙に浮かぶ星のように、夢をたたえ輝きながら、次々と新しく生まれ続けます。

本を持つ、その手の中に、ドキドキするみらい――。

本の宇宙から、自分だけの健やかな空想力を育て、〝みらいの星〟をたくさん見つけてください。そして、大切なこと、大切な人をきちんと守る、強くて、やさしい大人になってくれることを心から願っています。

2011年　春

集英社みらい文庫編集部

ぬぁにぃ〜!!
『ざんねんないきもの事典』
『ざんねんな偉人伝』の
つぎはコレだとぅ!?
『信長もビックリ!?
科学でツ
「本能寺の変」「中国大返し」「大坂の陣
歴史を、科学の視点でズバッと斬った
ギュギュッと詰まった、これまでに
「3本の矢」
何kgの力で折れる?
60kgのものが持ちあげられればかんたんに折れちゃう!
構造力学
大注目★日本史を学ぶ
出合える、歴史×科学